BÜZZ

Título original: *First Love*
Publicado mediante acordo com a Kaplan/DeFiore Rights, negociado com a Agência Literária Riff.

Publisher ANDERSON CAVALCANTE
Editora TAMIRES VON ATZINGEN
Assistente editorial JOÃO LUCAS Z. KOSCE
Tradução CÁSSIA ZANON
Preparação DANIELA VERÍSSIMO
Revisão TOMOE MOROIZUMI, FERNANDA SANTOS, GABRIELA ZEOTI
Projeto gráfico ESTÚDIO GRIFO
Assistente de design NATHALIA NAVARRO

---

Dados Internacionais de Catalogação na Publicação (CIP)
de acordo com o ISBD

---

P317m
Patterson, James
*Meu primeiro amor* / James Patterson, Emily Raymond;
Tradução: Cássia Zanon
São Paulo: Buzz Editora, 2021.
240 pp.
Título original: *First Love*

ISBN 978-65-89623-02-1

1. Literatura americana. 2. Romance. I. Raymond, Emily. II. Zanon, Cassia. III. Título.

CDD 813.5
2021-1928 CDD 821.111(73)-31

---

Elaborado por Vagner Rodolfo da Silva CRB-8/9410

Índices para catálogo sistemático:
1. Literatura americana: Romance 813.5
2. Literatura americana: Romance 821.111(73)-31


Buzz Editora Ltda.
Av. Paulista, 726 – mezanino
CEP: 01310-100 – São Paulo, SP
[55 11] 4171 2317
[55 11] 4171 2318
contato@buzzeditora.com.br
www.buzzeditora.com.br

James Patterson
& Emily Raymond

# Meu primeiro amor

*Para Jane.*

*No outono de 2010, entreguei o esboço de* Meu primeiro amor *ao meu editor, mas a história na realidade havia começado muitos anos antes. Eu estava apaixonado por uma mulher chamada Jane Blanchard. Uma manhã, saímos para dar uma caminhada por Nova York. Aparentemente do nada, Jane sofreu uma convulsão violenta. Depois disso, ela enfrentou por quase dois anos um câncer e morreu ainda jovem. Jovem demais. Janie, sinto falta do seu sorriso. Espero que ele continue vivo neste livro, esta história de amor que me recorda nosso tempo juntos (embora eu não me lembre de ter roubado carro algum).*

*J.P.*

# Prólogo

# Um

Certo, posso não estar fazendo o melhor pela minha imagem ao admitir isso, mas preciso dizer desde o princípio que eu era tão certinha, tão correta, que matar minhas duas últimas aulas naquele dia (física e inglês) me deixou tão ridiculamente nervosa que cheguei a pensar que todo aquele plano maluco não valeria a pena.

Olhando para trás agora, não posso acreditar que estive *tão perto* de recuar da experiência mais linda, divertida, dolorosa e transformadora que jamais terei.

Como fui idiota.

Eu estava no Ernie's Pharmacy & Soda Fountain e sentia um enorme frio na barriga. Batia com os bicos de minhas botas vintage de cowboy da Frye contra o balcão até que Ernie – que tem mais ou menos um milhão de anos e é basicamente um resmungão – me disse para parar com aquilo. Mas como Ernie é quase tão surdo quanto uma porta, tirei as botas e continuei batendo no balcão.

Fiquei feliz por ele não ter me perguntado por que eu estava sentada em sua cafeteria antiga tomando um café gigante (do qual eu definitivamente não precisava) em vez de estar duas quadras abaixo, na Klamath Falls High School, ouvindo o sr. Fox tagarelar sobre o *continuum* espaço-tempo. Afinal, o que eu teria respondido?

*Bem, Ernie – sr. Holman, quero dizer –, estou esperando por um garoto que eu nunca poderia namorar e prestes a pedir a ele que faça algo tão importante que vai ou salvar nossas vidas, ou nos destruir completamente.*

Ernie não liga muito para a angústia adolescente, e deve ser por isso que praticamente ninguém que conheço vai à sua loja. Isso e o fato de todos os seus doces serem cobertos de poeira, além de as barras de chocolate Snickers poderem ser usadas como pés de cabra de tão duras que são.

Mas eu não me importo. E nem o cara que mencionei. O Ernie's é *nosso* lugar.

Esse garoto tinha me mandado um recado no início do dia. De alguma forma, havia um bilhete dele dentro do meu armário, ainda que ele não frequente mais minha escola e tenhamos guardas que parecem da elite militar para nos proteger contra Deus sabe o quê (tumultos provocados pelo tédio de uma cidade pequena, talvez).

> *Axi...*
> *Então, você tem notícias importantes, é? Estou chocado por você achar que pode me surpreender. Ou surpreso por você achar que pode me chocar. Ou algo assim. Você é a nerd das palavras. Bem, de qualquer maneira, mal posso esperar para ouvir. Ernie's. 13h15. Sim, isso significa <u>matar aula</u>. Sem desculpas.*
>
> *– Seu "malandro" favorito*

Este é o Robinson. Um dia, eu o chamei de malandro de brincadeira, e ele nunca mais me deixou esquecer disso. Ele tem quase dezessete anos. É meu melhor amigo. Meu parceiro no crime.

Ouvi a porta da frente se abrir e soube que ele tinha chegado pelo jeito que o rosto de Ernie se animou como se alguém tivesse acabado de lhe dar um presente. Robinson tem esse efeito nas pessoas: quando entra em um ambiente, é como se as luzes ficassem mais brilhantes de repente.

Ele se aproximou e colocou a mão no meu ombro. "Axi, sua trouxa", disse ele (afetuosamente, claro). "Nunca tome café do Ernie's sem um donut." Ele se inclinou e sussurrou: "Essa coisa vai abrir um buraco gigante nas suas entranhas". Em seguida, se sentou no banco alto ao meu lado, com as pernas esguias na calça Levi's desbotada. Estava vestindo uma camisa de flanela, embora fosse final de maio e estivesse 24 graus lá fora.

"Ei, Ernie", ele chamou, "ficou sabendo que o Timbers mandou o treinador embora? E pode nos dar uma rosquinha de chocolate?"

Ernie se aproximou, balançando a cabeça grisalha. "Futebol!", ele reclamou. "O Oregon precisa é de um time profissional de beisebol. Esse é um esporte de verdade." Ele colocou o donut em um prato velho e lascado, e disse: "Por conta da casa".

Robinson se virou para mim, sorrindo e apontando o polegar para Ernie. "Adoro esse cara."

Dava para afirmar que o sentimento era mútuo.

"Então", disse Robinson, voltando toda a atenção para mim, "que ideia maluca é essa? Você finalmente vai se inscrever para tirar a carteira de habilitação provisória? Você decidiu beber uma cerveja inteira? Vai parar de fazer o dever de casa tão religiosamente?"

Ele sempre pega no meu pé por ser uma boa menina. Robinson acha – e meu pai concorda – que ele é um menino mau porque largou o ensino médio, que ele achava "insuficientemente convincente" e "povoado por cretinos" (sendo *cretinos* uma palavra que eu ensinei a ele, é claro). Pessoalmente, acho que ele tem razão.

"Provavelmente vou reprovar em tudo, menos em inglês", disse eu, e não exagerava. Minha média de notas estava prestes a despencar, porque logo seria o período das provas finais e, com sorte, eu não estaria por perto para fazê-las. Uma semana antes, saber disso teria me mantido acordada à noite. Mas consegui parar de me importar, porque, se esse plano funcionasse, a vida como eu a conhecia estava com seus dias contados.

"Conhecendo você, isso parece altamente improvável", disse Robinson. "E daí se você estiver um pouco distraída e, Deus nos livre, tirar um B+ em alguma coisa? Você está ocupada escrevendo o grande romance americano... *ai!*"

Eu havia dado um tapa no braço dele. "Por favor. Entre a escola e cuidar do meu querido e velho pai, não tive *nenhum* tempo de escrever." Meu pai havia enfrentado uma crise alguns anos atrás e tentava sair dela bebendo. Desnecessário dizer que a estratégia não ia bem. "Podemos nos concentrar no assunto em questão?", perguntei.

"Que é...?"

"Eu vou fugir", disse eu.

Robinson ficou de queixo caído. A propósito, ao contrário desta que vos escreve, ele nunca usou aparelho e tem os dentes perfeitos.

"E, para sua informação, você também vem", acrescentei.

# Dois

"Você ouviu isso, Ernie?", Robinson falou alto. Eu ia lhe dizer que ele parecia pasmo, mas ele também jamais me deixaria esquecer essa palavra específica.

Claro que Ernie não tinha ouvido nada, nem mesmo a pergunta de Robinson. Então, Robinson afastou o donut e me encarou como se nunca tivesse me visto antes. Como não é sempre que consigo surpreendê-lo, eu estava curtindo aquilo.

"Você leu aquela edição de *On the road – pé na estrada* que te dei?", perguntei.

Agora Robinson parecia envergonhado. "Eu comecei..."

Revirei os olhos. Sempre dou livros para Robinson, e ele sempre me dá músicas, mas como ele se distrai fácil e meu telefone está morto, normalmente a coisa acaba aí. "Bem, Sal – que na verdade é Jack Kerouac, o autor – e os amigos dele percorrem todo o país, encontram pessoas malucas, dançam em bares, escalam montanhas e apostam em corridas de cavalos. Vamos fazer isso, Robinson. Vamos deixar essa porcaria para trás e fazer uma viagem épica. De Oregon a Nova York... com paradas ao longo do caminho, é claro."

Robinson piscava para mim. *Quem é você?*, as piscadas perguntavam.

Eu me endireitei no banco alto. "Primeiro, vamos ver as sequoias, porque elas são totalmente místicas. Em seguida, vamos a

San Francisco e a Los Angeles. Então, seguimos para o leste, para as grandes dunas de areia no Colorado. Depois, Detroit, a *Motor City*, Robinson, que é a sua cara. Então, como você é um viciado em velocidade, vamos andar no Millennium Force, em Cedar Point. Ele vai a, tipo, duzentos quilômetros por hora! Vamos para Coney Island. Vamos ver o Templo de Dendur no Metropolitan Museum of Art. A gente vai fazer tudo e qualquer coisa que quiser!"

Como sabia que parecia maluca, abri o mapa amassado para lhe mostrar como tinha tudo definido. "Aqui está o nosso percurso", eu disse. "Esta linha roxa somos nós."

"Nós", ele repetiu. Claramente ele demorava um pouco para entender minha proposta.

"Nós. Você precisa vir junto", falei. "Eu não posso fazer isso sem você."

Isso era verdade, muito mais do que eu poderia admitir para ele ou mesmo para mim.

Robinson de repente começou a rir, e a risada foi tão longa e forte, que tive medo de que fosse sua maneira de dizer *de jeito nenhum, sua doida que se parece com Axi, mas que é claramente algum tipo de maníaca*.

"Se você não vier, quem vai me lembrar de comer um donut com o meu café?" Continuei falando, sem estar preparada para que ele desse uma resposta afiada, cética e sarcástica. "Você sabe que tenho um péssimo senso de direção. E se eu me perder em Los Angeles, os cientologistas me encontrarem e, de repente, eu passar a acreditar em Xenu e alienígenas? E se eu ficar bêbada em Las Vegas e me casar com um estranho? Quem vai me dar cotoveladas nas costelas quando eu começar a citar Shakespeare? Quem vai me proteger de tudo isso? Você não pode deixar uma garota de dezesseis anos atravessar o país sozinha. Isso seria, tipo, moralmente irresponsável..."

Robinson ergueu a mão, ainda dando risada. "E eu posso ser um malandro, mas não sou *moralmente irresponsável*."

Até que enfim o cara diz alguma coisa! "Isso quer dizer que você vai?", perguntei. Prendi a respiração.

Robinson olhou para cima. Ele me torturava e sabia disso. Levou a mão até o prato e deu uma mordida na rosquinha. "Bem", disse ele.

"Bem, *o quê?*" Eu chutava o balcão novamente. Com força.

Ele passou a mão pelo cabelo, que é escuro e está sempre um pouco desgrenhado, mesmo que tenha acabado de cortá-lo. Então ele se virou e olhou para mim com seus olhos sagazes. "Bem", disse ele, muito calmamente, "caramba, sim."

# Parte um

# 1

Eram quatro e meia quando acordei e tirei minha mochila de debaixo da cama. Tinha passado as últimas noites fazendo, desfazendo e refazendo a mochila obsessivamente, certificando-me de que tinha exatamente o que precisava e nada além: algumas trocas de roupa, o sabonete de castela do Dr. Bronner (bom para "barba, cabelo, massagem, dentes e banho", diz o rótulo) e um canivete suíço que tinha roubado da gaveta da mesa de trabalho do meu pai. Uma câmera. E, claro, meu diário, que levo para todo lugar.

Ah, e mais de 1.500 dólares em dinheiro, por ter sido a melhor babá do bairro por cinco anos, e cobrar de acordo com isso.

Talvez uma parte de mim sempre soube que eu iria dar no pé. Quer dizer, por que mais eu não gastei meu dinheiro em um iPad e um vestido de formatura da Vera Wang, como todas as outras garotas da minha sala? Eu tinha aquele mapa dos Estados Unidos na minha parede fazia muito tempo e, sempre que olhava para ele, me perguntando como seriam o Colorado, Utah, Michigan ou o Tennessee.

Não posso acreditar que levei tanto tempo para ter coragem de ir embora. Afinal, eu tinha visto minha mãe fazer isso. Seis meses depois da morte da minha irmã mais nova, Carole Ann, mamãe secou os olhos avermelhados e foi embora. Voltou para o leste, onde cresceu e, até onde sei, nunca olhou para trás.

Talvez a compulsão por fugir seja genética. Mamãe foi embora para fugir de sua dor. Meu pai foge com álcool. Agora eu estava fazendo isso... e parecia estranhamente *certo*. Finalmente. Eu quase era capaz de perdoar minha mãe por ter nos deixado.

Vesti minhas roupas de viagem e um tênis – me despedindo das minhas botas favoritas – e coloquei minha mochila no ombro, ajustando bem as alças. Ia sentir falta daquele apartamento, daquela cidade, daquela vida, como uma ex-prisioneira sente falta de sua cela de prisão. Ou seja: De. Jeito. Nenhum.

Meu pai estava dormindo no sofá feio da sala de estar. O estofado tinha umas flores lindas cor-de-rosa, mas agora elas pareciam meio laranja-amarronzadas, como se até mesmo as plantas de tecido pudessem morrer de negligência em nosso apartamento. Passei reto por ele e saí pela porta da frente.

Meu pai deu uma pequena bufada em seu sono, mas, fora isso, nem se mexeu. Nos últimos anos, ele se acostumara com pessoas indo embora. Será que realmente importaria se outro membro da família Moore desaparecesse de sua vida?

No corredor, porém, fiz uma pausa. Pensei nele acordando e se arrastando até a cozinha para fazer café. Ele veria como eu tinha deixado a cozinha limpa e ficaria muito agradecido, e talvez decidisse voltar do trabalho mais cedo e cozinhar um jantar para nossa família (ou um jantar para o que sobrou dela). E então ele esperaria por mim à mesa, do jeito que eu havia esperado tantas noites por ele, até que a comida esfriasse.

Enfim, ele se daria conta: eu havia ido embora.

Uma dor surda se espalhou em meu peito. Eu me virei e retornei para o apartamento.

Papai estava deitado de costas, a boca ligeiramente aberta ao respirar, ainda com os sapatos nos pés. Estendi a mão e toquei levemente seu ombro.

Afinal, ele não era um pai horrível. Ele pagava o aluguel e a conta do supermercado, mesmo que fosse eu quem normalmente fizesse as compras. Quando conversávamos, o que não era comum, ele me perguntava sobre a escola e os amigos. Eu sempre dizia que tudo estava ótimo, porque eu o amava o suficiente para mentir. Ele fazia o melhor que podia, mesmo que o melhor não fosse muito bom.

Eu tinha feito uns oitocentos rascunhos de um bilhete de despedida. O suplicante: *Por favor, tente entender, pai, isso é apenas algo que tenho que fazer.* O lisonjeiro: *São o seu amor e a sua preocupação por mim, pai, que me dão forças para fazer esta jornada.* O literário: *Como escreveu o grande dramaturgo irlandês George Bernard Shaw: "A vida não é encontrar a si mesmo. A vida é criar a si mesmo". E eu quero criar a mim mesma, pai.* O desaforado: *Não se preocupe comigo, sou boa cuidando de mim mesma. Afinal, tenho feito isso desde que mamãe foi embora.* No final, porém, nenhum deles pareceu certo, e joguei todos fora.

Me aproximei dele. Pude sentir o cheiro de cerveja, suor e loção pós-barba Old Spice.

"Ah, papai", sussurrei.

Talvez uma pequena parte de mim esperava que ele acordasse e me impedisse de fazer aquilo. Uma parte pequena e fraca que só queria ser uma garotinha de novo, com uma família que não fosse doente e quebrada. Mas isso claramente não iria acontecer, certo?

Então, eu me inclinei e beijei a bochecha do meu pai. E em seguida o deixei de verdade.

Robinson esperava por mim na mesa dos fundos do restaurante 24 horas da Klamath Avenue, a duas quadras da rodoviária. Ao lado dele havia uma mochila que parecia ter sido comprada de um vagabundo de trem por quase nada, e sua expressão me fez pensar em um cão de guarda descansando com um olho aberto. Ele olhou para mim através do vapor do café.

"Pedi uma torta", disse.

Como se fosse uma deixa, a garçonete entregou um prato pegajoso de torta de mirtilo e dois garfos. "Vocês dois acordaram cedo", disse ela.

Ainda estava escuro. Nem os pássaros tinham acordado.

"Somos vampiros, na verdade", disse Robinson. "Estamos só fazendo um lanche antes de dormir." Ele olhou para o crachá da moça e lhe deu seu grande e lindo sorriso. "Não nos denuncie, o.k., Tiffany? Eu não preciso de uma estaca no coração. Tenho apenas quinhentos anos. Sou jovem e sedutor demais para morrer."

Ela riu e se virou para mim. "Seu namorado é um galanteador", disse ela.

"Ah, ele não é meu namorado", eu disse rapidamente.

A resposta de Robinson foi quase tão rápida. "Ela me convidou para sair, mas eu recusei."

Eu o chutei por baixo da mesa, e ele deu um grito.

"É mentira dele", eu disse. "O que aconteceu foi contrário."

"Vocês dois são uma comédia", disse Tiffany. Ela não era muito mais velha do que nós, mas balançou a cabeça como se fôssemos crianças bobas. "Vocês deveriam levar esse show para a estrada."

Robinson deu uma grande mordida na torta. "Acredite em mim, nós vamos fazer isso", disse ele.

Ele empurrou o prato para mim, mas balancei a cabeça. Não conseguia comer. Havia dado um jeito de controlar meus nervos, mas agora queria fugir de mim mesma. Quando eu tinha feito algo tão louco, tão monumental? Nunca sequer havia chegado em casa depois da hora combinada com meu pai.

"Anda logo com essa torta", eu disse. "O ônibus para Eureka sai em 45 minutos."

Robinson parou de mastigar e olhou para mim. "Como?"

"O *ôooonnnnniiibuuuuus*", eu disse, prolongando a palavra. "Sabe, aquele que vamos pegar? Para dar o fora daqui?"

Robinson desatou a rir e pensei em chutá-lo de novo, porque não precisa ser um gênio para saber a diferença de quando estão rindo *com a gente* ou rindo *da gente*. "O que é tão engraçado?"

Ele se inclinou para a frente e segurou minhas mãos. "Axi, Axi, Axi", disse ele, balançando a cabeça. "Esta é a viagem de uma vida. Não vamos fazê-la em um ônibus Greyhound."

"O quê? Quem está no controle desta viagem, afinal?", perguntei. "E o que há de tão ruim em um ônibus?"

Robinson suspirou. "*Tudo* é ruim em um ônibus. Mas vou dar alguns detalhes para você parar de me olhar com esses imensos olhos azuis. Esta é a *nossa* viagem, Axi, e eu não quero compartilhá-la com um cara que acabou de sair da prisão ou uma senhora que quer me mostrar fotos dos netos dela." Ele apontou o garfo cheio de torta para mim. "Além disso, o ônibus é basicamente uma placa de Petri gigante para o cultivo de superbactérias e leva muito tempo para chegar a qualquer lugar. Esses são dois motivos bônus."

Joguei as mãos para cima. "Pelo que me lembro, não temos um jato particular, Robinson."

"Quem falou em avião? A gente vai pegar um carro, sua tonta", disse ele. Robinson se recostou na cabine e cruzou as mãos atrás da cabeça, totalmente tranquilo e indiferente. "E eu quero dizer *pegar* um."

# 3

"O que você está *fazendo?*", perguntei entredentes com Robinson me conduzindo por uma das ruas laterais próximas. Como as pernas dele são duas vezes mais compridas do que as minhas, eu precisava correr para acompanhá-lo.

Quando chegamos a um cruzamento, agarrei seu braço e o virei para me encarar. Olho no olho. Malandro para a Senhora Puritana.

"Você está falando sério?", perguntei. "Diga que não está falando sério."

Ele sorriu. "Você cuidou do trajeto. Deixe que vou cuidar do transporte."

"Robinson..."

Ele se livrou da minha mão e passou o braço em volta do meu ombro, como se fosse um irmão mais velho. "Agora acalme-se, BM, que vou dar uma pequena aula sobre escolha de veículo."

"Uma aula sobre *o quê*? E não me chame assim." BM significa Boa Menina, e eu fico absolutamente louca quando ele me chama assim.

Robinson apontou para um carro logo à frente. "Agora, olhe só, aquilo é um Jaguar. É uma bela máquina. Mas é um XJ6, e essas coisas têm problemas nos filtros de combustível. Não podemos ter um carro roubado vazando gasolina, Axi, porque ele pode pegar fogo, e, se não tivermos uma morte violenta, bem, definitivamente vamos para a cadeia por roubo de carro."

Caminhamos um pouco mais, e ele apontou para uma minivan verde. "O Dodge Grand Caravan é espaçoso e confiável, mas somos aventureiros, não mães levando os filhos para os treinos de futebol."

Decidi fingir que era tudo faz de conta. "Está bem, e aquele?", perguntei.

Ele olhou para onde eu apontava e ficou pensativo. "Toyota Matrix. Sim, com certeza é uma boa opção. Mas estou procurando algo com um pouco mais de charme."

A essa altura, o sol surgia no horizonte, e os pássaros voavam e tagarelavam uns com os outros. Enquanto caminhávamos pelas ruas arborizadas, senti começar a agitação da vizinhança. E se alguém saísse para pegar o jornal e nos visse, dois vadios, inspecionando os carros do bairro de maneira suspeita?

"Vamos, Robinson", eu disse. "Vamos sair daqui."

Eu ainda esperava que conseguíssemos pegar o ônibus. Tínhamos dez minutos para isso.

"Eu só quero a coisa perfeita", disse ele.

Naquele momento, vimos um flash com o canto dos olhos. Era marrom e rápido, e vinha em nossa direção. Arfei e estendi a mão para Robinson.

Ele riu e me puxou para perto. "Nossa, Axi, controle-se. É só um cachorro."

Meu coração estava disparado. "Sim, estou vendo... agora."

Agora também via que provavelmente não era um cão de guarda. Era uma coisinha pequena, com pelos emaranhados e desgrenhados. Sem coleira, sem plaquinha de registro. Dei um passo à frente com a mão estendida, e o cachorro se encolheu. O animalzinho se virou, foi direto para Robinson (é claro) e lambeu a mão dele. Então, o infeliz se deitou aos seus pés. Robinson se ajoelhou para acariciá-lo.

"Robinson", eu disse, ficando impaciente, "ônibus Greyhound ou carro roubado, a hora é agora."

Ele pareceu não me ouvir. Com as mãos longas e graciosas, puxava gentilmente as orelhas do cachorro, que rolou para o lado. Enquanto Robinson coçava a barriga do cachorro, a perna do animal se contraiu, e ele pendeu a língua rosa para fora da boca em êxtase canino total.

"Você é um bom menino", Robinson disse gentilmente. "De onde você é?"

Mesmo que o cachorro não pudesse responder, nós sabíamos. Ele estava muito magro e tinha os pelos cobertos de lama. Havia um pedaço de pele em carne viva nas costas do bichinho. Aquele cachorro não era de ninguém.

"Queria que você pudesse vir conosco", disse Robinson. "Mas temos um longo caminho pela frente e não acho que você gostaria."

O cachorro olhou para ele como se gostasse de qualquer coisa no mundo, desde que envolvesse mais carinhos de Robinson. Mas quando estamos fugindo da própria vida e não podemos levar nada que não seja necessário, um cachorro de rua se enquadra na categoria de não necessário.

"Dê um pouco de amor a ele, Axi", Robinson pediu.

Então me abaixei e afundei os dedos no pelo sujo do cachorro do jeito que tinha visto Robinson fazer. Quando passei a mão no peito do bichinho, pude sentir a batida rápida do coração, a emoção de encontrar um lar, alguém para cuidar dele.

*Pobrezinho*, pensei. De alguma forma, eu sabia exatamente o que ele estava sentindo. Ele não tinha ninguém e estava preso ali.

Mas nós não estávamos. Não mais.

"Estamos indo embora, amiguinho. Sinto muito", eu disse. "Nós simplesmente precisamos ir."

Foi totalmente estranho, mas, por algum motivo, aquele adeus doeu quase tanto quanto o que sussurrei para meu pai.

Deixamos o cachorro com um dos palitos de *beef jerky* do Robinson e seguimos para o final da quadra, onde Robinson parou abruptamente. "Ali está", sussurrou, com verdadeira reverência na voz. Ele agarrou minha mão, e atravessamos o cruzamento correndo.

"Ali está *o quê*?", perguntei, mas é claro que ele não me respondeu.

Se as coisas continuassem assim, precisaríamos ter uma conversinha, porque eu não queria um companheiro de viagem que prestasse atenção em 50% do que saía da minha boca. Se eu quisesse ser ignorada, poderia simplesmente ficar em Klamath Falls com meus colegas idiotas e meu pai alcoólatra.

"Ali está a resposta", Robinson disse finalmente, suspirando tanto que parecia que ele havia se apaixonado. Ele se curvou para mim em uma reverência exagerada, estendendo o braço como um manobrista de algum restaurante sofisticado (o tipo de lugar que não existe em K-Falls).

"Alexandra, milady, sua carruagem a espera", disse Robinson com um sorriso maluco. Revirei os olhos, como sempre faço quando ele faz um sotaque britânico falso com meu nome inteiro.

E revirei os olhos novamente: acontece que a minha suposta carruagem era, na verdade, uma motocicleta. Uma grande Harley-Davidson preta com pneus faixa branca, aros de cromo reluzente e duas bolsas laterais de couro preto decoradas com ilhoses prateados. O guidão era enfeitado com um tassel de cada lado à frente de dois assentos estofados. A moto brilhava como se tivesse acabado de sair do showroom.

Robinson estava ao meu lado, sussurrando em alguma língua estrangeira. "Twin Cam 96 V-Twin", disse ele, depois algo sobre "controle eletrônico do acelerador e transmissão de seis marchas", e então um monte de outras coisas que não entendi.

Era uma moto incrível, até eu podia ver isso, e mal consigo diferenciar uma off-road de uma Ducati. "Incrível", eu disse, olhando para o relógio. "Mas nós *realmente* precisamos ir."

Foi quando percebi que Robinson estava se curvando na direção da coisa com uma chave de fenda na mão.

"Você está *louco*?", sibilei.

Mas Robinson não me respondeu. De novo.

Ele ia fazer uma *ligação direta* naquela coisa. *Puta m...*

Corri para o outro lado da rua e me abaixei entre dois carros. Senti a adrenalina correndo em minhas veias e fechei os olhos.

De jeito nenhum aquilo estava acontecendo, disse a mim mesma. De jeito nenhum ele iria realmente dar a partida na moto, de jeito nenhum seria assim que começaria a nossa viagem.

Eu tinha tudo planejado, e não era nada parecido com aquilo.

Então, o rugido de um motor irrompeu na manhã tranquila. Abri os olhos e, um segundo depois, os pés de Robinson apareceram, um de cada lado da Harley.

*Isso é contra a lei!*, eu deveria ter gritado. Mas minha cabeça simplesmente não conseguia processar aquela mudança de planos. Não consegui dizer nada. Eu só pensei: *Ele está fugindo de botas de cowboy! Isso não é nada prático!* E: *Por que eu não trouxe as minhas botas?*

"Levante-se, Axi", gritou Robinson. "Suba aí."

Eu estava paralisada no lugar, o peito apertado de ansiedade. Ia ter um ataque cardíaco bem ali na Cedar Street, entre uma picape e um Volvo com um adesivo que dizia MEU OUTRO CARRO É UMA VASSOURA. Era o fim da minha grande fuga!

Mas então Robinson se abaixou e me puxou para cima, e, quando vi, estava sentada atrás dele naquela máquina pulsante com o motor ligado.

"Coloque os braços em volta de mim", ele gritou.

Eu estava tão completamente apavorada que fiz o que ele mandou.

"Agora, se segura!"

Ele engatou a marcha e saímos, o motor trovejando nos ouvidos. Meu pai provavelmente iria acordar no sofá e se perguntar se acabara de ouvir o estrondo de uma tempestade de começo de verão.

Passamos pelo Safeway, pelo campo de futebol da escola, pela 'reel M'INN TAVERN, onde todas as sextas-feiras à noite meu pai tomava Budweiser na veia, e pelo restaurante "mexicano" (onde colocavam queijo parmesão em cima dos burritos).

É, Klamath Falls. Era o tipo de lugar que ficava melhor quando visto pelo espelho retrovisor.

Ao ver a cidade passar por mim, sentindo o vento no rosto, de repente não me importei se estávamos acordando a porcaria da cidade inteira.

*Comam minha poeira!*, eu queria gritar.

Robinson soltou um grito de alegria.

Havíamos conseguido. Estávamos livres.

# 5

Aquela moto não era nada parecida com a mobilete em que andei uma vez. Era diferente de tudo que eu havia sentido antes. Ainda nem tínhamos chegado à estrada, mas já parecia estarmos voando.

Então, acima do rugido do motor, ouvi a voz de Robinson. *"I don't want a tickle / 'Cause I'd rather ride on my motorcycle!"*[1] Era uma velha canção de Arlo Guthrie. Eu conhecia a letra porque meu pai a cantava para mim quando eu era pequena.

*"And I don't want to diiiiie / Just want to ride on my motorcy... cle"*,[2] cantei, me juntando a ele, embora não consiga cantar bem, nem que a minha vida dependa disso.

Robinson nos conduzia tranquilamente, passando pelos shoppings nos arredores da cidade. Agora, estava assobiando (porque se você quiser estourar as cordas vocais, tente cantar alto o suficiente para ser ouvido em uma Harley). Ele agia como se não fosse grande coisa ter saído voando em uma moto roubada.

Meu Deus, o que diabos estávamos fazendo? Devíamos estar em um ônibus, mas, em vez disso, estávamos em uma motocicleta roubada que custava mais do que meu pai ganhava em dois anos. Fugir era uma coisa, mas roubar levava aquilo a outro ní-

---

1 Não quero cócegas / Porque prefiro andar na minha moto! (Esta e todas as outras notas deste livro são da tradutora.)

2 E não quero morrer / Só quero andar na minha moto.

vel. De repente, eu não conseguia parar de imaginar a decepção no rosto do meu pai ao pagar minha fiança, ou a manchete do *Klamath Falls Herald and News* – BOA MENINA FICOU MÁ – ao lado de uma foto desagradável que desbotava meus olhos azuis e minha pele pálida.

Tentei não imaginar um policial em cada esquina enquanto seguíamos ao sul do Klamath Falls Country Club, onde minha mãe tomava gin fizz na noite do pôquer das meninas. E eu meio que surtei quando fomos reconhecidos por outro motociclista que seguia a caminho da cidade. Ao passar, ele baixou o braço, apontando dois dedos na direção da estrada, e Robinson imitou o gesto.

"Não tire as mãos do guidão!", gritei. "Nunca!"

"Mas é o aceno Harley", gritou Robinson.

"E daí?"

"Daí que é falta de educação não retribuir!"

Claro, boas maneiras são inúteis quando estamos jogados de costas no fundo de uma vala... Mas não disse isso a Robinson, porque precisava admitir que ele estava pilotando a motocicleta como se já tivesse feito isso milhares de vezes antes. Será que tinha? Não era preciso ter uma licença especial para dirigir motocicleta? E a ligação direta? Eu levaria muito tempo para descobrir como dar partida na moto até com uma chave. Sim, tínhamos algumas coisas para conversar, ele e eu.

Depois do Home Depot e do mercado atacadista, Robinson gritou alguma coisa, mas o rugido do motor engoliu sua voz. Acho que foi "Você está pronta?". Eu não sabia do que ele falava, mas, fosse o que fosse, provavelmente não estava pronta. Então, notei que o limite de velocidade subiu para oitenta quilômetros por hora, e Robinson puxou o acelerador.

Isso pode ser óbvio, mas o problema de se estar em uma moto é que não há nada entre a gente e o mundo. (Ou entre a gente e o asfalto duro.) O vento ruge no rosto. O sol brilha nos olhos como um holofote. Não há para-brisa. Não há cintos de segurança.

Agora passávamos dos cem quilômetros por hora, e o ponteirinho branco continuava subindo. Apertei os braços em volta da cintura de Robinson.

"O que você está fazendo?", berrei.

Cento e trinta, e o rugido do vento abafou o som dos meus gritos.

Cento e quarenta, e havia lágrimas escorrendo dos meus olhos. Eu estava agarrada a Robinson com toda a força.

Cento e sessenta, e eu poderia muito bem estar em um foguete explodindo na estratosfera.

A adrenalina nos percorria como fogo líquido. Estávamos carregados. Perigosos. A motocicleta estremeceu e ganhou ainda mais velocidade, e o vento parecia a mão impiedosa de um gigante tentando me empurrar para fora da moto.

Minha vida passou diante dos meus olhos. Minha pequena e triste vida.

Boa viagem!

O medo era eletrizante. Aquilo era assustador e incrível, e se eu pensei estar tendo um ataque cardíaco antes, agora eu *com certeza* estava tendo um.

E amava cada segundo daquilo, total, vertiginosa e emocionantemente.

Naqueles breves momentos, deixei de lado minha reputação de boa garota de cidade pequena, como se fosse um blusão feio, e queimei nas chamas da insígnia da Harley. Éramos fugitivos. Foras da lei. Eu e Robinson. Robinson e eu.

E se morrêssemos em um acidente violento... bem, morreríamos felizes, não é?

# 6

Seja por sorte, destino ou habilidade de piloto de Robinson, não morremos. Viajamos por horas ao longo de estradas vicinais sinuosas, até me sentir moldada às costas de Robinson. Era como se tivesse me tornado algum tipo de craca gigante que ele precisaria arrancar com uma chave de fenda.

Na hora do almoço, finalmente paramos na cidade de Mount Shasta, na Califórnia. Ficava na encosta mais baixa de uma montanha, um pico gigante coberto de neve que, supostamente, é uma espécie de centro de poder cósmico.

É, você me ouviu bem.

Para quem acredita na lenda local, ali é o lar de uma antiga raça de super-humanos chamados lemurianos, que vivem em túneis subterrâneos, e surgem de vez em quando, com mais de dois metros de altura, usando vestes brancas. Em outras palavras, Mount Shasta é totalmente diferente de Klamath Falls, que é a capital mundial da monotonia e o lar de caras com nomes como Critter e Duke.

Além disso, supostamente OVNIs haviam pousado em Mount Shasta. E isso é apenas a ponta do iceberg de bizarrice.

Até mesmo o atendente sorridente do posto Shell usava um cristal de ametista gigante em volta do pescoço e ostentava um diagrama de chackras na camiseta.

Robinson devolveu o sorriso extasiado do atendente, mas o dele não vinha dos raios de poder cósmico do Mount Shasta. Vinha da Harley. Ele fez uma pose, uma mão no tanque de gasolina, um polegar enganchado na alça do cinto, e me lançou um bobo sorriso hollywoodiano. "Eu sou o James Dean ou o quê? *Juventude transviada*?"

Estreitei os olhos para ele. Embora nunca fosse admitir, Robinson meio que poderia ser um astro de cinema. Claro, ele era um pouco magro, mas aquela cara dele? Pertencia a um pôster pregado na parede do quarto de uma adolescente.

"James Dean morreu em um acidente de carro. Você sabe, porque ele estava *correndo demais*", eu disse. Minhas pernas tremiam tanto que eu mal conseguia ficar de pé. O estrondo trovejante do motor havia penetrado nos meus ossos.

"Só corri uma vez", rebateu Robinson. "Eu precisava ver o que esta máquina era capaz de fazer."

"Uma vez foi o bastante", devolvi, tentando parecer severa. Eu tinha adorado, é claro. Porque, ah-meu-deus, parecia que estávamos voando. Mas eu tinha certeza de que, assim como voar de parapente ou pular de um avião, andar a 180 quilômetros na traseira de uma Harley roubada era o tipo de coisa que a gente só precisa fazer uma vez na vida.

Robinson entrou no posto para pagar a gasolina e saiu com duas Vitaminwaters e um Slim Jim, o que, se você quer saber, é como comer uma mangueira de jardim com sabor de pepperoni. Mas, desde que eu o conheci, Robinson adorava junk food.

Demos uma pequena caminhada até o centro da cidade. Tinha um cara vestindo placas dizendo VOCÊ ESTÁ SALVO? Só que, em vez de uma imagem de Jesus ou de anjos, havia o desenho de um alienígena de pele verde com dois dedos levantados em um sinal de paz. Robinson parou para falar com ele. É claro.

Entrei em uma loja de produtos naturais que cheirava a patchouli e levedura, e comprei alguns legumes para nosso jantar.

Quando saí, Robinson estava lendo um panfleto que o homem lhe dera.

"A gente poderia partir em uma busca espiritual", disse ele. "Conheça nossos Astros Anciãos."

"De jeito nenhum, Malandro", eu disse, arrancando o panfleto dele e jogando na lixeira. "Por mais fascinante que pareça, eu passei meses planejando esta viagem e, da última vez que conferi, comungar com nossos supostos Astros Anciãos não estava na lista de coisas a fazer."

"Bem, nem roubar uma motocicleta, e veja como isso acabou."

Ele parecia muito orgulhoso de si mesmo por aquele resultado.

"Tá, tudo bem", reconheci. "Está sendo ótimo até agora. Mas não podemos andar com uma moto roubada pelo país. Primeiro, porque seremos pegos. E, depois, porque não acho que minha bunda vá aguentar."

Robinson riu. "Você realmente parece meio irritada agora. Você está irritada?"

"Não", menti. "Mas, da próxima vez, eu escolho o transporte."

"Ah, Axi...", ele começou.

"Não quero que esta viagem seja um grande erro, está bem?", interrompi. "Não tenho interesse em passar um tempo na prisão."

Robinson se inclinou e arrancou uma esfera de vidro ondulante da vitrine da calçada em frente à loja de presentes Soul Connections. Ele a acenou diante do meu rosto. "Por tudo o que é cósmico, esquisito e incrível, eu expulso todas as dúvidas de sua mente." Ele olhou para a etiqueta de preço. "Só cinco e noventa e cinco. Baratinho!"

Correu para dentro da loja e, um instante depois, reapareceu com a esfera aninhada em uma sacola de veludo roxo. Ele a colocou nas minhas mãos. "Esta esfera é mágica", disse ele. "Ela vai impedir que você fique irritada comigo novamente."

"Não conte com isso", eu disse secamente. Mas não pude deixar de sorrir. "Obrigada. É muito bonita."

“Axi”, disse Robinson, com a voz mais suave agora, “se esta viagem for um erro, será o melhor que vamos cometer.”

E, de alguma forma, pelo jeito que ele me olhou, eu soube que estava certo.

# 7

Quando paramos em um acampamento no Parque Estadual Humboldt Redwoods, já fazia sete horas que estávamos na estrada. Robinson tinha se mantido em estradas secundárias, e eu não reclamei. Meu medo de sermos parados por policiais em busca de uma Harley preta com placa do Oregon não tinha desaparecido completamente, mas pensava cada vez menos nisso quanto mais nos afastávamos de casa.

O sol estava baixo no horizonte quando chegamos ao parque e desapareceu completamente quando entramos sob a copa verde das árvores. Robinson soltou um assobio baixo quando as sombras nos envolveram.

Sequoias antigas. Como posso descrevê-las? Elas se erguiam acima de nós sombriamente e pareciam vivas. Não vivas como árvores comuns, mas como se tivessem alma. Como se fossem criaturas antigas e sábias, observando com um leve indício de interesse enquanto dois adolescentes cansados da estrada caminhavam sob elas. O ar estava frio e ligeiramente úmido, e o silêncio era profundo. Eu me senti como se estivéssemos em uma igreja.

"Eu entendo totalmente a coisa dos druidas agora", Robinson sussurrou.

"Acho que os druidas realmente adoravam carvalhos", observei. "Não havia sequoias na Irlanda antiga."

"Espertinha", disse Robinson, me cutucando.

Coloquei minha mão em um tronco áspero e fresco. "Tranquilidade majestosa", eu disse baixinho, vendo como as palavras soavam na minha boca. Um pouco pretensioso demais: não escreveria aquilo no diário. Mas houve escritores *de verdade* que viram sequoias como aquelas, e eu poderia roubar deles, não? "'Elas não são como as árvores que conhecemos, são embaixadoras de outra época'", eu disse.

"Ahn?", fez Robinson.

"John Steinbeck escreveu isso em *Viagens com Charley*."

Ele suspirou. "Outro dos livros que você me deu..."

"Que você não leu."

Robinson fingia se sentir culpado por ignorar as pilhas de livros que eu passava para ele, mas acabou parando de se preocupar. "Achei que eu devia ler *A leste do Éden* primeiro", disse ele.

"Me avise quando chegar nele", eu disse. "Não vou criar expectativas."

"Bem, você pode me avisar quando ouvir aquele CD do Will Oldham que comprei para você."

"Salvei na minha playlist, mas, como você sabe, meu fone está quebrado", observei. "Seus globos oculares funcionam muito bem."

Encontramos então nosso acampamento, uma pequena clareira cercada por um anel de sequoias, com um banco de piquenique, uma fogueira e uma torneira de água fria e límpida. Tirei a barraca da mochila. Era um milagre da engenharia verde-musgo: grande o suficiente para conter duas pessoas e seus sacos de dormir, pesava menos de meio quilo e, dobrada, cabia em um saco do tamanho de um pão de forma. Robinson olhou para ela, impressionado.

"Veja como eu montei isso", orientei. "Porque amanhã à noite é sua vez."

"Achei que cabia à mulher cuidar da casa e ao homem caçar para comer", disse ele, com um sorriso malicioso.

Bufei. “Você está planejando matar um alce com sua chave de fenda? Boa sorte.”

“Estava pensando mais na linha de um esquilo”, disse ele, mas até isso era ridículo, porque Robinson nunca faria mal a nada. Quer dizer, o cara precisava cerrar os dentes para matar um mosquito.

Desembalei os legumes que comprei, além de um pedaço de queijo gouda envelhecido e um saco de pão sírio que eu adoro e que não conseguia comprar em Klamath Falls porque, aparentemente, era *exótico* demais.

“Ora, ora, ora”, Robinson disse enquanto me observava espetando cogumelos e pimentões em palitos. “Acho que você se sairia bem em *Survivor*.”

Revirei os olhos. “Eu paguei por estas coisas, Robinson. Não catei pimentões verdes selvagens e queijo. Agora, você vai juntar alguns gravetos para o fogo ou o quê?”

“Você não podia ter comprado lenha também?”, ele perguntou, mas saiu caminhando bem-humorado até o mato, em busca de coisas para queimar.

Logo estávamos com uma boa fogueira acesa e assamos nossos espetinhos sobre as chamas tremeluzentes. Enfiei fatias de queijo entre os pedaços de pão, embrulhei em papel-alumínio e coloquei perto do fogo até o queijo derreter. Quando tudo estava pronto, nos encostamos em um tronco caído coberto com musgo verde fofo, que criava um encosto surpreendentemente confortável. Não tínhamos pratos, e os legumes ficaram um pouco queimados em alguns pontos, mas foi o melhor jantar da minha vida. Tinha gosto de liberdade.

Robinson elogiou minha comida, mas, em uma hora ele estava vasculhando minha mochila em busca de alguma porcaria, alegando estar sofrendo uma overdose de vitaminas.

“O que mais você tem aqui?”, perguntou. “Sei que você está escondendo salgadinho ou Oreo, ou algo terrível e delicioso de mim." Observei enquanto ele puxava o mapa, dois ponchos levíssimos, meu sabonete Dr. Bronner, minha escova de dente e meu diário.

"Abra isso sob risco de morte", avisei.

Finalmente, Robinson ergueu uma barra de chocolate, triunfante.

"Metade para você, metade para mim", disse ele.

"Um *quarto* para você e um *quarto* para mim", corrigi. "Estou racionando."

Robinson riu. "Você é uma planejadora, eu sei. Você sempre tem tudo planejado. Mas você realmente acha que há uma escassez de barras de chocolate na costa oeste?" Ele estendeu a mão e me entregou um pequeno pedaço de chocolate. Quando nossos dedos se tocaram, estremeci como se tivesse levado um choque. Isso surpreendeu a nós dois.

"Você ficou nervosa de repente", disse ele. "Estamos seguros aqui, Axi. Ninguém vai nos encontrar." Ele caminhou até a moto e deu um tapinha amoroso no assento. "Ou a sensual Harley."

Enquanto Robinson acariciava seu novo brinquedo, tentei me acalmar, respirando aquele "ar mais doce, mais raro, mais saudável", como diria o velho Walt Whitman. A noite chegava, trazendo escuridão e silêncio mais profundo. Parecia que havia apenas nós dois no mundo todo.

Sempre disse a Robinson praticamente tudo o que pensava, mas não podia dizer isto a ele: eu não estava nervosa por temer sermos descobertos. De repente, fiquei nervosa com outra coisa.

Arranjos de dormir.

Dentro da barraca, desenrolei nossos sacos de dormir. Não havia um centímetro de sobra. Ficaríamos muito perto um do outro, Robinson e eu.

Ele ainda estava fora da barraca, jogando folhas no fogo e observando-as enrolar e enegrecer. "Precisamos amarrar os pacotes? Você sabe, para protegê-los dos ursos?", ele perguntou lá de fora.

"Não tem ursos por aqui", garanti, alisando minha mochila. Era camuflagem rosa. Medonhamente feia, mas estava em promoção. "Só alces. Corujas pintadas. Esse tipo de coisa."

Robinson enfiou a cabeça dentro da barraca. "Você tem certeza disso?", ele perguntou. "Ou você está apenas dizendo isso para se sentir melhor?" Ele me olhou bem nos olhos. Ele me conhecia muito bem.

"Tenho, tipo, 60% de certeza", admiti. "Ou menos."

Robinson não ficou surpreso. "Vou amarrar os pacotes, então."

Ele saiu novamente e eu o ouvi se mexendo. Ele demorou muito, fosse porque era novo nas exigências de um acampamento ou porque estava roubando mais chocolate... bem, esse poderia ser o segredo dele.

Quando colocou a cabeça para dentro novamente, estava sorrindo. Tinha uma pequena mancha de chocolate derretido no canto da boca. "Aconchegante aqui, né?"

Em seguida, tirou as botas e voltou para dentro, e aconchegante tornou-se uma espécie de eufemismo. Eu estava me sentindo estranhamente tímida. Como se de repente meu corpo estivesse maior e mais estranho – e mais *feminino* – do que nunca. Me perguntei se eu cheirava a óleo de motor e cecê. Notei que Robinson cheirava a fogueira, sabonete, a *garoto*.

Robinson poderia ter escolhido qualquer garota da nossa escola. Mesmo depois de ter abandonado o ensino médio (o que para todos costumava ser o beijo da morte social), todas as líderes de torcida e as meninas do grêmio estudantil ainda queriam ir com ele ao baile de formatura. Às vezes, eu as imaginava penduradas em seus braços, como aquelas pequenas peças coloridas do jogo Pula Macaco.

"Eu não estou interessado nelas", ele dizia. No fim, eu tive coragem de perguntar: em quem – ou no quê – ele estava interessado? Ele riu e colocou o braço em volta dos meus ombros do jeito que fazia às vezes.

"Estou interessado em você, BM", ele disse despreocupadamente. Como se isso resolvesse tudo.

O que será que isso significa, de verdade? Porque, até onde eu podia dizer, ele não estava interessado em mim *daquela* maneira. Nós ficávamos de mãos dadas algumas vezes, como quando fomos ao cinema ver *O segredo da cabana* ou *Atividade paranormal*. E, uma vez, quando eu bebi três quartos de uma cerveja, dei nele um beijo, relapso, de boa-noite.

Mas isso foi tudo, pessoal.

Agora estávamos deitados lado a lado, olhando para o teto da barraca apenas um metro acima de nossas cabeças. Fiquei escutando o vento no alto das árvores e o som da respiração de Robinson e, pela primeira vez, pensei no que viajar juntos significaria em termos práticos. O que eu deveria mudar? E se eu quisesse dormir de calcinha? O que Robinson pensaria quando me visse pela manhã, despenteada e sonolenta, com os cabelos desgrenhados, as bochechas coradas, e um hálito capaz de matar um pequeno animal?

Não que esse fosse o problema. Não, o problema (ou, pelo menos, o que realmente importava) era que dormiríamos um ao lado do outro. Sozinhos. Sem sequer um ursinho de pelúcia entre nós.

Robinson se mexeu, tentando ficar confortável. Sem dúvida, ele percebia a mesma coisa que eu. Limpei a garganta.

"Antes de dizer qualquer coisa", Robinson falou, "é o seguinte."

Eu quase podia ouvir meu coração fazendo uma pequena dança embaralhada.

"Roubar... bem, não é uma coisa boa, Axi, mas não é necessariamente tão ruim assim. Quer dizer, estamos cuidando bem da moto. E o cara vai recuperá-la."

A minha dança desacelerou. Pensei que íamos falar sobre *nós*. Sinceramente, eu já havia superado o roubo. *Arrependimento é perda de tempo*, minha mãe costumava dizer. Ela repetia esse chavão muito antes de dar o fora da cidade. Talvez isso a tenha ajudado a se sentir melhor ao ir embora.

"E se, por algum motivo, ele não a recuperar", Robinson continuou, "o seguro cobre a perda, e ele ganha uma nova."

Ele fazia isso parecer tão simples. E talvez fosse. De certa forma, era mais simples do que falar sobre *nós*.

Robinson rolou para ficar de frente para mim. Seu nariz, notei, estava queimado de sol. O queixo estava coberto por uma fina barba escura. Observei seu pomo de adão se mover enquanto ele engolia. Nossos olhos se encontraram, mas eu desviei o olhar rapidamente.

Ele estendeu a mão e tirou uma mecha de cabelo da minha testa. Prendi a respiração.

De repente, entendi que fugir era toda a emoção que eu poderia suportar hoje. Se Robinson tocasse qualquer outra parte minha, eu poderia explodir em um milhão de pedaços.

Mas ele não tocou em mim novamente. Ele sorriu. "Bons sonhos, Axi Moore", ele disse suavemente. Então rolou de volta para a posição anterior.

Por dentro, eu estava sofrendo um pouco, mas não tinha certeza do porquê.

# 9

Fiquei olhando para a escuridão por um longo tempo, sentindo o contraste entre o solo frio e duro embaixo de mim e o calor suave de Robinson ao meu lado. Os pensamentos corriam pela minha mente sem parar: *E se Robinson e eu formos pegos? Ou se desistirmos e voltarmos para casa? Ou se continuarmos e cada noite deitarmos lado a lado, castos como crianças? E se nos beijarmos? E se sussurrarmos a palavra "amor" ou se ela permanecer não dita para sempre?*

Provavelmente, isso só importava para mim. Eu não sabia se isso importava para Robinson. Timidamente, coloquei minha cabeça em seu ombro, mas ele não moveu um músculo.

Quando finalmente dormi, sonhei que estávamos à beira de um penhasco, olhando para baixo. O Robinson do sonho segurava minha mão. "Não se preocupe", disse ele. "Só se parece com um penhasco. Na verdade, é uma montanha, e o caminho é para cima, não para baixo."

Mesmo em sonho, ele era um otimista.

Quando Robinson cambaleou para fora da barraca na manhã seguinte, amarrotado e adorável, eu havia arrumado as malas e planejado nossa rota para Bolinas, uma cidadezinha aninhada entre as colinas da Califórnia e o oceano Pacífico. Eu queria conhecê-la principalmente porque a cidade era misteriosa. As pessoas que moram em Bolinas sempre derrubavam as placas de sinalização que indicavam o caminho até lá. Mas isso não me impediria de descobrir qual era o problema do lugar.

"Talvez", disse Robinson provocativamente enquanto montava na moto, "enterrado bem no fundo da Boa Menina, esteja o coração de uma rebelde."

"Eu já não provei isso sugerindo esta viagem maluca?" Montei na garupa e ordenei: "Agora, *ande*."

Naturalmente, perdemos a entrada da primeira vez, mas, quando finalmente chegamos lá, ficamos um pouco perplexos.

"É *isto* que as pessoas querem manter para si mesmas?", Robinson perguntou.

O centro da cidade consistia em duas ruas que se cruzavam. Havia um restaurante chamado Coast Café – que, para sua informação, não tinha vista para a costa – e um bar de aparência antiga. Fui obrigada a concordar: Bolinas não parecia particularmente inspiradora.

Mas a praia ao lado era linda. Tiramos os sapatos e nos sentamos na areia, olhando para a água azul e sentindo o sol nos ombros. Crianças bronzeadas e meio selvagens corriam ao nosso redor, jogando pedras nas gaivotas. Robinson começou a cravar os pés na areia e, mais de uma vez, eu o peguei olhando para mim com uma expressão ilegível no rosto.

"Então... no que você está pensando?", eu finalmente perguntei. Eu esperava que ele não detectasse uma leve ponta de apreensão na minha pergunta.

"Salsichas empanadas", Robinson respondeu sem perder um instante.

Às vezes, eu seria capaz de simplesmente matá-lo.

Ele podia estar pensando em mim, em nós, mas, em vez disso, sua mente estava fixada em salsichas envoltas em massa de milho.

Entramos no Smiley's Schooner Saloon e Robinson caminhou até o bar como se fosse o balcão do Ernie's. "Boa tarde, senhor", disse. "Duas Rainiers, por favor, e uma salsicha empanada."

Eu juro, se Robinson alguma vez tivesse de escolher uma última refeição, seria salsicha empanada, batata frita e um bolinho frito.

"Identidade?", perguntou o barman.

Robinson pescou a carteira. Os olhos do bartender foram da licença falsa de Robinson para o rosto dele e vice-versa. "Está bem... *Ned Dixon*." Então ele se virou para mim.

Encolhi os ombros. "Como não estava dirigindo, deixei minha carteira em..."

O barman cruzou os braços carnudos. "Escutem, crianças, que tal atravessarem a rua e comerem um bom sorvete de casquinha no café?"

"Na verdade, eu sou intolerante a lact...", Robinson começou, mas eu o interrompi.

"Ah, *entendi*!" Minha voz saiu surpreendentemente feroz. "Podemos lutar no Afeganistão, mas não podemos tomar uma cerveja e assistir ao pôr do sol?" Minhas mãos agarraram a borda do balcão e eu me inclinei para a frente, a hostilidade saindo de mim em ondas. Eu não fazia ideia de onde vinha aquilo, mas na verdade era bom estar com raiva de alguém. Alguém que não importava, alguém que eu nunca veria de novo.

Provavelmente teria gritado mais, porém Robinson me arrastou para fora. Então ele se curvou, quase sufocando de tanto rir. "Lutar no Afeganistão?", ele disse, ofegando. "Nós?"

"Aquilo simplesmente saiu", eu disse, ainda sem saber o que tinha acontecido.

Comecei a rir um pouco também.

Robinson enxugou os olhos. "Você nem gosta de cerveja."

"Era uma questão de princípio. Muitas pessoas morrem no Afeganistão antes de poderem comprar um engradado de meia dúzia."

"Muitas pessoas morrem todos os dias, Axi. Eles não saem brigando com bartenders em cidades misteriosas sobre a injustiça das leis de bebida. Mal posso esperar para ver o que vem a seguir", disse ele, ainda rindo da minha explosão enquanto caminhava à minha frente.

Seu tom invertido me fez parar no meio da calçada. É, pessoas *morrem* todos os dias. Algumas, como Carole Ann, morrem antes mesmo de aprender a amarrar os sapatos. Outros morrem antes de se formarem no ensino médio.

Inferno, qualquer um de nós poderia morrer naquela viagem maluca.

Havia muitas coisas mais importantes a fazer do que comprar uma cerveja antes que isso acontecesse. Corri para alcançar Robinson, que virava a esquina onde tínhamos estacionado a motocicleta em um terreno baldio atrás do bar. Mas agora havia um homem com uma jaqueta de couro bem ao lado dela, dando-lhe uma longa – e próxima demais para o meu gosto – olhada.

"Bela moto", disse o cara. "Tenho um primo no Oregon que tem uma exatamente igual."

Meus pulmões pareciam um fole que alguém acabara de fechar. Dei um passo para trás. Devíamos simplesmente sair correndo?

Mas Robinson não vacilou. "Seu primo tem bom gosto", disse. Ele olhou para a moto atrás do cara. "Você está com uma Fat Boy? Adoro elas, mas minha garota aqui gosta de motos maiores." A voz dele tinha assumido um tom tranquilo, como se ele e o outro fossem dois caras que entrariam em acordo sobre uma Harley.

O sujeito ainda estava avaliando Robinson: Robinson era mais alto, mas cerca de cinquenta quilos mais leve. Eu? Eu ainda pensava em sair correndo – e em como Robinson havia me chamado de sua garota. Isso havia sido... interessante. Mas ele realmente quis dizer aquilo ou era apenas parte da atuação?

"O happy hour está quase acabando, sabe", disse Robinson.

O outro lançou um último olhar demorado, depois balançou a cabeça e entrou.

Eu já estava pegando um papel e uma caneta.

*Muito obrigada por nos deixar dirigir sua moto*, escrevi. *Cuidamos muito bem dela. Nós a batizamos de Charley.*

Robinson leu por cima do meu ombro. "Batizamos?"

"Agora mesmo", eu disse. "Charley, a Harley."

*Lamento não ter perguntado se podíamos pegá-la emprestada, mas tenha a certeza de que sua moto foi usada apenas para as forças do bem. Atenciosamente,* BM *e o Malandro*

Coloquei o recado no guidão. "Vamos lá. Está na hora de achar outro transporte", eu disse, como se tivesse roubado carros a vida toda. Em todo o centro de Bolinas, porém, havia apenas cerca de cinco carros.

"Aquele", eu disse, apontando para um Pontiac prateado.

Robinson balançou a cabeça. "Um tédio mortal", disse ele. "Mas sensato."

Pude sentir os braços e as pernas começando a formigar. Robinson deu uma olhada rápida em volta e entrou. Eu me abaixei para o lado do passageiro, agradecendo mentalmente ao proprietário por deixar as portas destrancadas.

Da mochila, Robinson tirou uma pequena furadeira sem fio e apontou para o buraco da fechadura. Observei quando partículas brilhantes de metal caíram no assento.

*Ele havia colocado uma furadeira na mochila?*, pensei.

Um surfista grisalho estava olhando diretamente para nós. Sorri e acenei.

"Depressa", sibilei para Robinson.

Ele pegou a chave de fenda e a inseriu no buraco da fechadura destroçado. "Mais um minuto."

O formigamento de adrenalina estava ficando mais intenso. Doloroso, até.

"Precisei quebrar os pinos de bloqueio", explicou Robinson.

Como se eu me importasse! Eu só queria que o motor ligasse. Respirei fundo. A qualquer momento, sairíamos correndo da cidade, e tudo voltaria ao normal (quer dizer, meu *novo* normal).

Foi quando duas pessoas saíram do Coast Café e começaram a se dirigir para o Pontiac prateado. Cruzei o olhar com a mulher e vi seu queixo cair. O homem começou a correr. "Ei", ele gritou. *"Ei!"*

Ele jogou os braços para a frente e estava a apenas alguns centímetros de nós quando o motor de repente ganhou vida. Robinson deu a ré com o carro e disparamos para a rua. Um momento depois, saíamos da cidade, indo a oitenta por hora em uma zona de quarenta.

"Vou sentir falta da Charley", disse eu, com o coração aos pulos.

Robinson concordou com a cabeça.

"Eu também."

"Mas não de Bolinas", acrescentei.

"Isso foi ideia *sua*", Robinson me lembrou com um sorriso.

Encolhi os ombros e soltei um profundo suspiro de alívio. O sol brilhava intensamente sobre o oceano azul, me acalmando enquanto eu o observava se pôr e então desaparecer antes que minha frequência cardíaca tivesse voltado ao normal.

Incrível como a beleza pode ser tão passageira.

# 10

Cruzamos a ponte Golden Gate naquela noite, deslizando sobre a escura baía de San Francisco, e entramos nas ruas estreitas do parque Presidio. Como o carro oferecia um teto sólido sobre nossas cabeças – e como policiais aparentemente desaprovam o acampamento urbano –, decidimos passar a noite no Pontiac.

Enrosquei-me no banco de trás, e Robinson se dobrou, com dificuldade, na frente. Não havia chance de nos tocarmos (ou, conforme o caso, não nos tocarmos) com todo aquele estofamento no caminho. Uma pequena parte de mim se sentiu aliviada, mas uma parte maior ansiava pela barraca "tão aconchegante que chega a ser claustrofóbica".

Foi o que percebi naquela noite. Eu era capaz de sentir falta de Robinson mesmo com ele a menos de meio metro de mim.

Desenvolvia uma teoria sobre sentir falta das coisas de modo geral. Tudo começou quando deixamos Charley, a Harley, para trás, e eu não parei de pensar nisso pelo resto da viagem. Se eu sentisse saudade de pequenas coisas (como o andar estrondoso da moto ou o leve murmúrio de meu pai falando enquanto dormia, ou dormir ao lado de Robinson), talvez me acostumasse a sentir falta das coisas. Então, quando chegasse a hora de perder algo realmente importante, talvez eu sobrevivesse.

Ouvimos rádio por um tempo, com Robinson cantarolando junto e eu mantendo a boca desafinada fechada, até que adormecemos. De manhã, a névoa que vinha da baía turvou as luzes da rua em suaves halos cor laranja. Olhei, por cima do assento, para os braços e pernas emaranhados de Robinson.

"Bom dia, flor do dia", cantarolei. Ele abriu um olho e me mostrou o dedo do meio.

Nem todo mundo é bem-humorado de manhã.

"Tem uma pessoa que quero que você conheça", eu disse a ele.

"Agora?", Robinson perguntou. Mas eu simplesmente lhe entreguei os sapatos.

Eu tinha conseguido que Robinson lesse um único livro nos últimos seis meses. *A estrada sinuosa* era um livro de memórias sobre crescer como filha de um pai alcoólatra (me identificava demais) e uma mãe miss (idem) em uma pequena cidade no sul do Oregon. A autora, Matthea North, poderia ser eu, e talvez por isso eu tenha achado sua história tão fascinante. Alguns anos atrás, escrevi uma carta de fã para ela. Ela me respondeu, e então nasceu uma amizade epistolar (acho que se pode chamar assim).

(*Epistolar*: uma palavra que não vou usar na frente de Robinson.)

*Você precisa me fazer uma visita algum dia,* Matthea havia escrito. *Vamos beber chá e refletir sobre os caprichos do amor, os segredos da vida, os mistérios do universo...*

Se alguma vez houve um momento para essa conversa, era agora.

A casa de Matthea ficava em Nob Hill, no topo de uma rua incrivelmente íngreme. Toquei a campainha e esperamos nervosos na varanda. Robinson nem sabia o que fazíamos ali, e me recusei a lhe dizer. Se quer saber minha opinião, ninguém tem boas surpresas suficientes na vida. Aniversário, Natal... isso é apenas duas vezes por ano para contar.

Mas quando a porta da frente se abriu, fiquei ainda mais surpresa do que Robinson. Como Matthea North e eu tínhamos muito em comum na infância, pensei que ela se pareceria com uma versão mais velha de mim: esguia, de tamanho médio, com lábios carnudos e olhos grandes de uma mãe rainha da beleza de alguma forma diluídos em uma beleza ligeiramente menos notável.

Matthea parecia Bilbo Bolseiro. Com uma fantasia de cigana. Com menos de um metro e meio de altura, enfeitada com lenços e colares, ela estendeu o braço para segurar minha mão. "Você deve ser Axi", disse ela. Seus olhos verdes, que se destacavam profundamente em seu rosto com bochechas rosadas, positivamente brilharam para mim.

Engoli em seco. "Sim!", eu disse alegremente. "Robinson, esta é... a primeira e única Matthea North."

Ele se virou para ela, com seu largo e lindo sorriso. "Ei, você escreveu aquele livro... aquele sobre a cidade ainda pior do que a nossa." Se ele estava perturbado com as roupas dela, não demonstrou.

Matthea riu. Mulheres mais velhas adoram Robinson.

Nós a seguimos na escuridão de sua casa, e Mathea foi logo comentando que Mark Twain nunca dissera a célebre frase sobre como o inverno mais frio que ele havia enfrentado foi um verão em San Francisco, mas ele deve ter dito, porque aquele dia estava absolutamente ártico. Mathea então falou sobre como o canto dos pássaros evoluiu ao longo de décadas para competir com o som do tráfego, e aqueles pardais lá fora não eram apenas ensurdecedoramente altos. E como ela tinha tirado uma má sorte em seu biscoito chinês, perguntando se sabíamos que na realidade foram os japoneses que inventaram o biscoito da sorte.

Ela acenou para que nos sentássemos em um sofá vitoriano de aparência empoeirada. "Adorei seu conto sobre aquela velha delicatesse, Axi", disse ela, "aquela sobre a garota e o garoto que são melhores amigos, mas talvez algo mais..."

"Ah, sim, obrigada", eu disse apressadamente, não querendo cortá-la, mas precisando fazer isso.

Robinson limpou a garganta. Eu praticamente podia ouvi-lo pensando: *Você escreveu uma história sobre o Ernie? E nós?*

Ignorei-o. Claro que escrevi sobre ele. Ele era meu melhor amigo, não era? Aquele que me conhecia como nenhum outro. Aquele em quem eu pensava durante cerca de 75% das horas que passava acordada, se não mais.

"Obrigada por nos deixar vir", disse eu. "Eu realmente queria que Robinson a conhecesse. Não consigo fazer com que ele termine nenhum livro, nunca, mas ele leu o seu em uma noite."

"Ele me deu... insights", disse Robinson, olhando incisivamente para mim.

Matthea riu. "Axi e eu compartilhamos certos detalhes de fundo, não é? Mas Axi é muito mais inteligente do que eu era na idade dela."

"Ela é mais teimosa", disse Robinson. "Isso com certeza."

Eu chutei suas canelas, de leve.

Matthea pegou uma jarra de chá gelado e um prato de bolo de limão, e Robinson se serviu de duas fatias.

"Então, como vai a escrita, Axi?", Matthea perguntou.

"Hum, não tenho escrito muito ultimamente", admiti, pegando minha própria fatia de bolo. "Por favor, me diga que há algum segredo para continuar escrevendo. Para não desistir. Acreditar em si mesma. Esse tipo de coisa." Tentei manter o desespero longe da minha voz.

Matthea suspirou e começou a trançar a franja do lenço. "Minha querida, não existe um segredo universal. Existe apenas o segredo que cada escritor descobre por si mesmo. O caminho a seguir."

Pude sentir meus ombros caírem. É claro. Não existe uma solução mágica. Quem não sabe disso?

"Sabia que os reis europeus tinham o coração enterrado separadamente do corpo?", Matthea perguntou.

"Hum... não", eu disse, e vi Robinson erguer as sobrancelhas com aquele sorrisinho que eu adoro. Claramente, ele estava se divertindo com a minha esquisita mentora de escrita.

"Era uma forma de oferecer o coração, literal e figurativamente, ao país. Para sempre." Matthea suspirou. "Prática macabra, se quer saber minha opinião. Mas gosto dela como metáfora. Você dá ao seu país – que, neste caso, é a sua história – o seu coração."

"Ah", eu disse. "Está bem." Não é de se admirar que eu ainda não tivesse escrito o Grande Romance Americano. Meu coração ainda estava firmemente plantado no meu peito. Não estava?

"Seja paciente", disse Matthea gentilmente. "Continue escrevendo, mas continue sonhando também. Lembre-se de que a inspiração atingiu o brilhante matemático Arquimedes quando ele estava na banheira."

*E a inspiração atingiu o brilhante físico Richard Feynman quando ele estava em um clube de strip,* pensei. (Posso ir mal em física, mas havia aprendido uma ou duas coisas.)

Foi basicamente assim que seguiu o restante da conversa. Não refletimos sobre a imprevisibilidade do amor ou sobre os mistérios do universo, mas como tocamos em tudo, desde os corações mumificados dos reis europeus até a teoria de Einstein de que a criatividade era mais importante que o conhecimento. Senti que foi um tempo bem gasto.

Depois de comer o quarto pedaço de bolo de limão, Robinson pediu licença, dizendo que precisava tomar um pouco de ar fresco. Observei suas costas recuando, sentindo uma vaga sensação de mal-estar. Meu corpo estremeceu involuntariamente, e Matthea me olhou profundamente. Continuamos nossa conversa, porém, mais tarde, quando estávamos saindo, ela colocou a mão em meu ombro. "Você está bem?", ela perguntou.

Por um milissegundo, quis contar tudo a ela. A verdadeira razão por trás do que Robinson e eu estávamos fazendo, que não queria admitir para mim mesma esse tempo todo. Na verdade, não tinha nada a ver com minha fuga da vida entediante em Klamath Falls. Mas eu não podia lhe contar.

"Estou ótima", respondi.

"E seu amigo?" Ela apertou os olhos na direção de Robinson, que estava encostado no carro, olhando morro abaixo em direção à baía. Ele tinha os braços erguidos e quase parecia abraçar a si mesmo, como se estivesse com frio. Ou como se, por um momento, sentisse necessidade de se tranquilizar em relação a alguma coisa.

"Ele também está ótimo", insisti. *Por que você está mentindo, Axi?*

Matthea pegou uma flor amarela de uma das trepadeiras em torno de sua porta e colocou-a atrás da minha orelha. "Dê seu coração à sua história", ela repetiu.

Parecia bastante razoável. Mas, quando olhei para Robinson, eu sabia que já tinha dado meu coração para outra coisa – para outra pessoa.

# 11

Se eu não soubesse ser clinicamente impossível, diria que Robinson nascera com uma chave inglesa na mão. Ou que, quando bebê, ele chupou uma vela de ignição em vez de uma chupeta.

Essa paixão por máquinas era a razão pela qual levava Robinson para Torrance, Califórnia, na sequência – porque certamente não era o meu tipo de lugar. Torrance cria pilotos Nascar e lutadores de MMA semiprofissionais. (Argh.) Tem uma pista de corridas, um show de carros rock'n'roll gigante e cerca de quinhentas lojas que vendem peças de automóveis.

Em outras palavras, para um cara como Robinson, é a Terra Prometida. O tipo de lugar que ele precisava – *merecia* – conhecer.

Quando entramos no estacionamento do Cal-Am Speedway na tarde seguinte, Robinson prendeu a respiração e me deu seu sorriso torto e perfeito.

"Axi Moore", disse ele, "você é a melhor pessoa que já conheci."

"Espere só", eu disse, sorrindo de volta.

Eu o levei para longe da entrada de vidro do átrio e em direção a uma porta lateral aberta com uma cópia da revista *Car and Driver*.

Brad Sewell esperava por nós. "Alexandra", disse ele, dando um passo à frente para me dar um abraço de urso. "Há quanto tempo, garota."

Robinson claramente queria saber como aquele cara musculoso com uma tatuagem de Dale Earnhardt e eu nos conhecíamos. Mas eu simplesmente disse: "Robinson, este é o Brad. Brad, este é meu amigo Robinson".

"Prazer", disse Brad. "Deixe-me mostrar algumas coisas, e então vamos colocar você no cockpit."

Foi só então que Robinson entendeu para quê realmente estava ali, e pareceu estar prestes a entrar em combustão espontânea de excitação.

Ele se virou para mim.

"É como o *Digam o que quiserem*", ele sussurrou.

Havíamos assistido àquele filme antigo uma centena de vezes. Uma das melhores cenas é quando o protagonista geek leva o par relutante, uma das Pessoas Bonitas, a um museu de arte depois do fechamento. Ele pôde fazer isso porque é amigo do guarda do museu e porque pendurou um quadro da Garota Bonita em uma das galerias.

Aquele foi meu momento do museu para Robinson, mas melhor. Eu havia subornado Brad com uma boa parte das minhas economias e descaradamente usei o cartão "eu conheci você quando nossas irmãs estavam na ala de tratamento de câncer".

Brad começou a falar coisas sem sentido para Robinson, algo sobre "virada inicial" e "vértice da curva" e "acelerador neutro na curva". Mas Robinson balançava a cabeça confiante. Em seguida, vestiu um macacão Nomex à prova de fogo, e Brad punha nele um capacete com rádio e o prendia a um cinto de cinco pontas.

"Qualquer idiota pode acelerar na reta; são as curvas que fazem um piloto", disse Brad por cima do ombro.

"Ah, claro", eu disse. Como se soubesse do que ele estava falando. Não conseguia nem dirigir até o supermercado.

Robinson ligou o motor e saiu para a pista. Ele não foi tão rápido no começo, mas deve ter pegado o jeito depois de um tempo, porque o motor ficou mais barulhento, e o carro se tornou um borrão verde passando por nós várias vezes.

"E então, como está sua irmã mais nova?", perguntei a Brad.

"Ela está em remissão. Dois anos agora."

"Isso é fantástico", eu disse. Lizzie Sewell tinha sido muito legal com Carole Ann. Lizzie, ao que parece, foi uma das sortudas.

"E você?", Brad perguntou, e eu fingi não ouvir. Felizmente, justo naquele momento, o carro verde brilhante parou bruscamente na pista, fora do fosso, e Robinson abriu a porta.

"Axi, você *precisa* entrar aqui!", ele gritou.

Olhei para Brad. Esperava que ele me dissesse que o outro cinto de segurança estava quebrado ou que ele estava sem capacetes.

"Tem um macacão ali que vai servir em você", disse ele.

E foi assim que me vi no banco do passageiro de um carro de corrida Chevy customizado, vestida como Danica Patrick e tremendo de empolgação.

"Em sua marca, prepare-se, vá!", gritou Robinson, e partimos para a pista, de zero a cem em cerca de um milissegundo.

A força gravitacional me atirou contra o assento, e o rugido impressionante, e de sacudir o cérebro, do motor encheu meus ouvidos. Dava para sentir o barulho tanto quanto ouvi-lo. Ele vibrava no peito e me sacudia profundamente nas entranhas.

Não pude evitar: berrei de alegria e de terror.

Mas parei de gritar, porque não conseguia ouvir nem a mim mesma. E então berrei mais um pouco.

Chegamos à primeira curva e notei a alta cerca de arame que se voltava para dentro ao longo da trilha. De alguma forma, entendi – embora estivesse totalmente incapaz de pensamentos elevados, de coisas abstratas como palavras – que a cerca servia para impedir que partes do nosso corpo espirrassem por toda a arquibancada em caso de um acidente.

Como o carro tinha uma tela de malha grossa em vez de janelas, o vento entrava forte, quente e cheirando a asfalto e óleo. Eu não conseguia ver o quão veloz íamos e não queria saber.

Contornamos a curva, o motor guinchando.

Quando entramos na reta e Robinson pisou forte no acelerador, de repente minha visão pareceu estreitar. Era como olhar por um túnel. Tudo em cada lado turvou e desbotou, e tudo o que importava era o espaço aéreo à nossa frente, e quão rápido íamos atravessá-lo numa explosão.

Meu corpo cantava de medo e felicidade e uma sensação incrível de estar completamente viva no momento. Eu não era mais Alexandra Jane Moore. Era uma supernova amarrada a um assento traseiro.

*Vai! Vai! Vai!*, eu pensava descontroladamente. Porque gritar, afinal, era inútil.

Demos mais três voltas de quebrar a barreira do som e, quando finalmente diminuímos a velocidade, me virei para Robinson com olhos arregalados e sem dúvida insanos.

"Ai, meu Deus", falei, tirando o capacete e sacudindo os cabelos encharcados de suor. "Ai. Meu. Deus."

Robinson gargalhou loucamente. Brad veio e disse: "Que que cê achou?"

Robinson demorou um pouco para responder, provavelmente porque precisou esperar o cérebro parar de vibrar. Então ele disse: "Devo ter tido o melhor momento da minha vida".

Comecei a rir como uma idiota, porque havia sido exatamente para isso que tínhamos ido até ali. Era o que eu queria dar a ele.

*Carpe diem.* Porque hoje, afinal, era tudo o que sabíamos ter.

# 12

"Estou em cima do Tom Cruise", gritou Robinson. "Tire minha foto!"

"Você está na *estrela* dele, Malandro", eu disse. Mas eu tirei a foto de qualquer maneira: Robinson de olhos escuros, bonito como qualquer estrela de cinema, vestido como um lenhador moderno. Mesmo no sul da Califórnia, ele não abria mão da camisa flanelada.

Tínhamos acabado de sair da pista de corridas Cal-Am, ainda animados com a experiência. Hollywood era pertinho, então fomos para lá em seguida.

Claro que tínhamos de ir direto para a Calçada da Fama. Enquanto Robinson observava o povo local (artistas de rua, traficantes e caras vestidos como o Homem de Ferro e o Capitão Jack Sparrow), eu corria para tirar fotos dos nomes que conhecia e amava: Marilyn Monroe, Audrey Hepburn, James Dean... e, tudo bem, Drew Barrymore e Jennifer Aniston, porque estamos no século XXI, pessoal, e nem todos os bons filmes são em preto e branco.

"Este lugar é uma loucura", disse Robinson, saltando para a estrela da Branca de Neve. "Olha, agora estou no topo de um conto de fadas."

"Eu costumava ser Branca de Neve, mas me perdi", eu disse. Então levantei o quadril e dei minha melhor piscadela sensual – como Mae West, cuja frase acabara de roubar.

Em seguida, me virei e, juntos, caminhamos pela Highland Avenue, em direção às douradas Hollywood Hills e à gigantesca icônica placa branca. Nosso destino: o Hollywood Hotel. Robinson não sabia disso, porque eu queria continuar a surpreendê-lo. O encantamento no rosto dele – a forma como seus olhos se arregalavam quando ele era pego de surpresa – era algo que eu queria continuar vendo enquanto pudesse.

O fato de ficarmos sozinhos em um quarto de hotel não teve nada a ver com a minha decisão.

(Para de rir!)

Quando Robinson me viu caminhando para o balcão de reservas, ele disse: "Temos dinheiro suficiente para isso?".

Eu não tinha certeza se tínhamos, mas não importava. "Minhas costas não aguentam mais uma noite no carro e *não* vou acampar com aqueles caras sem camisa que vi no parque." (Se eu não podia lhe dizer a verdade, não parecia um motivo bom o suficiente?)

"Achei lindo aquele cara da píton", brincou Robinson. "Mas ei, estou a fim de confortos. Vamos ter serviço de quarto?"

Balancei a cabeça. "Boa tentativa", eu disse. "Perdulário. Esbanjador."

"Não sei o que essas palavras significam", disse Robinson, "mas não fui eu quem reservou o quarto de hotel caro para nós."

Pegamos o elevador espelhado até o décimo quinto andar em silêncio. Não nos olhamos nos olhos, nem pessoalmente nem em nossos reflexos. Robinson estaria tímido, como eu de repente fiquei? Eu não sabia, porque não conseguia olhar para ele.

Um minuto depois, abrimos uma porta para um quarto espaçoso e cor creme com uma TV gigante de tela plana, janelas do piso ao teto, uma pequena área de estar e uma cama enorme.

Senti a respiração presa na garganta. Robinson e eu tínhamos dormido em uma barraca, juntos como duas conchinhas. E aquela cama era tão estupidamente grande que poderíamos ficar um de cada lado dela e simplesmente não nos tocarmos. Ainda assim... parecia muito mais íntimo.

Fui até a pia para tirar do rosto a areia da pista de corrida. No espelho estava uma garota que mal reconheci. Por um lado, ela precisava desesperadamente de um banho. Por outro, ela parecia... bem, *selvagem* foi a palavra que veio à mente. Certamente ela não se parecia com uma *certinha* ou uma *boazinha*, que eram os tipos de adjetivos com que eu estava acostumada.

Encontrei seus olhos azuis-claros e sorri ligeiramente para ela. *Quem é você? O que você quer?*, murmurei. Mas ela apenas me deu aquele sorriso estranho.

Quando saí do banheiro, Robinson já estava na cama, embora mal passasse das oito. Ele vestia uma camiseta velha do Bob Dylan e apertava os botões no controle remoto. A TV estava ligada, mas sem som.

"Axi Moore", disse ele, sorrindo para mim, a luz azul da tela piscando em seu rosto bonito.

"Robinson", eu disse, quase um sussurro.

"O que você quer fazer agora?", ele perguntou.

Eu quase desmaiei. Aquela era a pergunta para encerrar todas as perguntas, não era?

Por um momento, fiquei ali, presa entre o corredor e a cama, entre o medo e o desejo. Por um lado, eu queria me afundar em Robinson. Passar os dedos nos cabelos dele. Sentir seus lábios no meu pescoço. Envolver sua pele lisa contra a minha.

Mas então pensei no sonho que tive entre as sequoias, sobre como algo podia ser ao mesmo tempo perfeito e apavorante, montanha e abismo. *Qual era a coisa certa a fazer?*

"Ei, olha", Robinson disse de repente, com a voz mais animada. "É *O gato de botas*."

Do nada, a tensão no ar se dissipou. Nós amamos esse filme, embora seja para crianças. Robinson insistia, acho que falando sério, que era o melhor papel de Antonio Banderas.

Assim, o felino cor laranja com botas grandes e sotaque espanhol deixou minhas perguntas e dúvidas para outro dia. Rastejei sob as cobertas para o lado de Robinson. Os lençóis eram de um branco sedoso e cheiravam a alvejante. Respirei fundo e me encostei ao lado dele. Então coloquei a cabeça em seu ombro.

Robinson ficou tenso. Eu congelei também. Meu coração afundou no peito e meus olhos se fecharam de vergonha. Eu tinha entendido a situação tão errado? Disse a mim mesma que contaria até cinco e me afastaria para o outro lado da cama gigante.

Mas então senti o corpo de Robinson mudar. Ele se curvou em minha direção. E se inclinou e beijou o topo da minha cabeça. Sob as cobertas, a mão dele encontrou a minha. Nossos dedos se entrelaçaram.

Já chega, pensei. *Isso é tudo o que preciso.*

Por enquanto.

# 13

No dia seguinte, durante o café da manhã, Robinson me disse que tinha algo a confessar.

Estávamos na Starbucks, comendo sanduíches artesanais preparados no micro-ondas, que, para sua informação, não têm nada de artesanal. Na mesa ao nosso lado, um Stormtrooper e um Michael Jackson pouco convincente bebericavam cafés antes de assumirem seus postos ao longo da Calçada da Fama.

"Fale", eu disse. Senti uma leve vibração sob minhas costelas. *Ele vai pedir desculpas, dizer que deveria ter me beijado na noite passada.*

"Eu quero ver onde Bruce Willis mora." Robinson olhou para mim por baixo da franja, a expressão ligeiramente tímida.

Tive vontade de bater com a cabeça na mesa. Por que eu ainda esperava dele alguma declaração profunda? Às vezes, ele me fazia pensar se o adolescente humano era uma espécie completamente diferente da adolescente humana. (Diferente sendo significativamente menos evoluído.)

Mas essa viagem era dele tanto quanto minha, e eu queria ser uma boa parceira. Então, depois do café da manhã, sinalizamos para a van de turismo sem capota mais próxima. O guia prometeu que nos daria uma *incrível* visão das casas *de cair o queixo* das estrelas e uma *janela secreta* para suas vidas *invejáveis*.

Achei que isso me faria sentir como uma *stalker*, mas Robinson não tinha essas preocupações.

"Se você não quer estranhos te encarando, não fique famoso", disse ele.

"Acho que devo cancelar meu teste para o *American Idol*, então." Comecei a cantar "I Will Always Love You" – uma música difícil para alguém que sabe cantar e devastadora para alguém como eu.

Robinson gritou e tapou os ouvidos.

Como tínhamos comprado passagens para a Rota Deluxe, demoramos na excursão, descendo de uma van, dando uma volta e depois subindo na próxima. Passamos pelos distritos comerciais de Melrose e Rodeo Drive; percorremos o caminho por baixo das palmeiras altas da Sunset Strip; vimos o La Brea Tar Pits e o Petersen Automotive Museum (que incluía um Hot Wheels Hall of Fame do qual pensei que nunca conseguiria afastar Robinson).

Já era fim da tarde quando finalmente subimos as colinas.

"Estamos chegando perto, Axi", disse Robinson, sorrindo. "O bom e velho Bruce vai nos convidar para jantar."

"Claro", eu disse maliciosamente. "Depois vamos comer sobremesa na casa da Jennifer Aniston."

Robinson pareceu magoado. "Sarcasmo não combina com você, BM." Mas então seu sorriso irreprimível brilhou novamente. "Aposto que Jen faz um crème brûlée sinistro. Ela provavelmente faz um bom café também, o que é legal, porque eu gosto de café com sobremesas chiques." Ele parecia absoluta e totalmente sincero.

Por mais louco que fosse, eu adorava isso em Robinson: como ele era capaz de acreditar em algo em que realmente não acreditava. Isso faz sentido? Ele sabia o que queria que fosse verdade, o que sentia que deveria ser verdade, e por um certo tempo, pelo poder de sua vontade (ou seu humor, ou sua esperança estúpida e infantil), era verdade.

Acreditar em acreditar. Robinson era excepcional nisso.

"À esquerda, você verá a casa que antes pertencia a Arnold Schwarzenegger", falou o guia turístico, interrompendo meus pensamentos sobre Robinson e, sem dúvida, os pensamentos dele sobre o crème brûlée.

Robinson se inclinou perto de mim e sussurrou a frase mais famosa de Arnold: "'I'll be back'".

"'Venha comigo se quiser viver'", sibilei, uma citação de Arnold em *O exterminador do futuro 2*.

"Espere, eu tenho uma...", ele deu um tapa na testa, sem conseguir lembrar.

"'Hasta la vista, baby'?", perguntei, sorrindo presunçosamente.

"Ahhhh, estava na ponta da língua!" Robinson estendeu a mão e me fez cócegas nas costelas, o que me fez gritar.

O guia turístico continuou falando, mas paramos de ouvir. Passamos por bairros verdes exuberantes, espiando por portões de ferro e jardins com paisagismo elaborado para vislumbrar mansões enormes. O ar cheirava a rosas... e dinheiro.

O motorista diminuiu a velocidade em uma curva particularmente íngreme e então parou para deixar um grupo de ciclistas passar.

Agarrei a mão de Robinson. "Vamos sair."

Ele se virou para mim, sem compreender.

"Pelo lado", eu sussurrei. E como ele ainda não parecia entender, mostrei a ele. Passei uma perna pela beirada da van sem capota e caí na rua.

Se os outros passageiros notaram, não disseram nada. Um segundo depois, Robinson pousou ao meu lado, totalmente perplexo. A van deu partida novamente e se afastou.

"Então, qual é o plano brilhante agora, Axi?" Robinson estava com as mãos nos quadris. "Não sabemos onde Bruce Willis mora e estamos provavelmente a quinze quilômetros do hotel."

Apenas sorri. "Me siga", eu disse. E o levei em direção ao que eu tinha visto: uma placa de VENDE-SE e um portão deixado aberto.

"Ah, caaaaara", Robinson sussurrou, soando de repente como um cretino de K-Falls. "Sério?"

Olhei para cima e para baixo na rua. Exceto por um jardineiro solitário, que estava de costas para nós, estava totalmente deserto. Percorremos a entrada de carros, depois passamos pela lateral da casa vazia até os jardins dos fundos. Quem quer que tenha vivido naquela casa estilo mediterrâneo (preço pedido estimado: uns bons cinco a dez milhões) tinha ido embora, mas a piscina ainda estava cheia, com a água cristalina e azul água-marinha.

O sol se punha, e o céu estava da cor de caquis. Robinson se virou para mim. "BM...", começou ele.

Atirei os braços para o alto e me virei. "Se *isto* não provou que não sou mais uma BM", perguntei, "o que vai provar?"

Robinson não disse nada, mas eu já tinha uma ideia.

Em um movimento fluido, me despi até ficar só com a roupa de baixo, atirei tudo em uma pilha e mergulhei na piscina. Nadei todo o caminho até o fundo antes de subir como um foguete em uma cascata de água cintilante.

"Entre, se tiver coragem", gritei a Robinson. "*Malandro.*"

Robinson hesitou por um momento, mas ele jamais recuaria de um desafio. Ele tirou a camisa, revelando o peito largo e pálido, a barriga lisa e o baixo V de músculos. Eu nunca tinha visto tanto de sua pele antes, cuja suavidade cor marfim era surpreendente.

Ao vê-lo na beira da piscina, agora nu, exceto pela cueca boxer, pensei no *Davi* de Michelangelo. Não porque Robinson tivesse um corpo perfeito como o de Davi (embora fosse muito bonito), mas porque ele tinha aquela combinação de poder e vulnerabilidade que Michelangelo havia dado à sua escultura. Veja, Michelangelo não mostrou Davi triunfante, como qualquer outro escultor fazia. Ele o mostrou antes de lutar contra Golias, quando Davi acreditava estar condenado e foi para a batalha de qualquer maneira.

Robinson estendeu a mão para tampar o nariz e não parecia mais um herói da Renascença. "Bala de canhão", gritou no meio do pulo. Ele voltou à superfície tiritando. "Ah, meu Deus, está fria!"

Dei risada. "Você quer dizer revigorante", eu disse. "Revitalizante."

Robinson revirou os olhos. "Nerd. Eu ainda posso te chamar de *nerd das palavras*, não posso?" Então ele nadou em minha direção, sorrindo, e colocou as mãos nos meus ombros. De repente, tive certeza de que ele iria me beijar. Estava tão perto, e seus dedos estavam na minha pele, e não havia nada – *nada* – além de água entre nós (e algumas roupas frágeis e ensopadas).

Ele avançou mais um passo e então parou. Abriu a boca como se fosse dizer algo. Mas então desapareceu embaixo d'água. Quando vi, ele estava me levantando e me jogando de costas para a parte funda, e eu estava gritando, ofegando, rindo, e ele dizendo: "Shhh, shhh, não queremos que a polícia venha".

Nadamos até o anoitecer, com as luzes distantes das casas habitadas cintilando por entre as árvores. Olhei para Robinson, que boiava de costas na parte rasa, e me perguntei como seria viver em um desses castelos.

Eu teria tudo o que o dinheiro pudesse comprar, mas não seria o mesmo que ter tudo o que quisesse. Nem mesmo perto disso.

# 14

Tivemos sorte naquela noite. Não apenas escapamos impunes da invasão de propriedade, como também pegamos uma carona para casa. O jardineiro do outro lado da rua nos viu sair, molhados e tremendo, pelo portão e se ofereceu para nos levar de volta à cidade.

*"Estás invadiendo"*, comentou ele, sorrindo. *"¿Sí?"*

Robinson concordou com a cabeça.

*"Sí"*, ele disse. *"Somos traviesos."* Ele se virou para mim. "Isso significa 'nós somos travessos'."

Eu estava apertada ao lado dele no banco da frente do caminhão, tentando encontrar seu calor através de nossas camadas de roupas úmidas. "Está vendo? Você não pode mais me chamar de BM", eu disse, sonolenta.

"Talvez MM", ele sugeriu. "Para Menina Má."

Minhas pálpebras estavam muito pesadas, e então se fecharam. "Ou MB. Menina bagunçada...", murmurei.

E, sinceramente, é a última coisa de que me lembro. Devo ter adormecido no caminhão, e Robinson deve ter me carregado para o quarto e me colocado em nossa cama compartilhada. Talvez ele tenha afofado os travesseiros para mim e talvez até tenha me beijado. Mas, se fez isso, nunca saberei.

Acordei várias horas depois e o encontrei olhando para mim.

"Antes de sairmos, precisamos realmente ver uma *estrela*", ele disse. "Não apenas um símbolo rosa em uma calçada, ou a casa onde uma delas mora."

Eu me afundei embaixo das cobertas. "Por que não podemos simplesmente ligar a TV? Tem muitas estrelas ali."

"Precisamos ver uma estrela na vida real", ele insistiu.

*Mas esta não é a vida real,* insistiu a velha Axi Moore. *Esta é uma aventura maluca. E, por melhor que seja, não pode durar.*

Claro, como tanto a velha quanto a nova Axi bem sabiam, a vida real também não durava necessariamente.

Pus a cabeça para fora dos cobertores e mergulhei de volta para baixo. Robinson estava no pé da cama e, de repente, puxou as cobertas de cima de mim. Tentei agarrá-las, mas ele era forte demais. "Você trouxe um vestido bonito?", ele perguntou, erguendo uma sobrancelha escura para mim.

Zombei. "Fugitivos tendem a não trazer roupas formais."

"Bem, vista o que você tiver, porque estamos indo ao tapete vermelho."

Achei que Robinson estivesse me sacaneando, mas me levantei e tomei um banho rápido. Em seguida, coloquei o vestido envelope da Forever 21 que havia trazido por garantia. Também passei um pouco de rímel e de batom.

Os olhos dele brilharam quando saí do banheiro. "Você fica bem quando se arruma, Axi Moore", disse ele. Robinson também ficava. Com uma camisa ligeiramente amarrotada e um par de jeans limpo, ele parecia um anúncio da Levi's.

Ele me levou pelo saguão até a rua, onde entramos em um táxi. "Agora é a minha vez de te surpreender", disse ele. E então, manteve a mão sobre meus olhos até que paramos diante do Museu Hammer. "Tará!", ele disse.

À nossa frente, serpenteava uma longa fila de limusines pretas. Havia um tapete vermelho estendido sobre a calçada, um monte de gente circulando e uma faixa gigante que dizia

"Baile de gala de aniversário do HOSPITAL INFANTIL DE LOS ANGELES".

Eu vi a palavra *hospital*, e meu estômago de repente parecia estar cheio de pedras. "O que é isto?", perguntei.

"Um evento beneficente", Robinson disse alegremente. "Uma festa. Muitos astros poderosos, porque, como você pode imaginar, ninguém em Hollywood quer ser acusado de não ajudar crianças doentes." Ele desceu do táxi e estendeu a mão. "Venha, vamos entrar."

"*Você* é um cara doente, Robinson", falei. "Mentalmente, quero dizer. Eles não deixam qualquer um invadir o tapete vermelho."

"Mas nós não somos qualquer um, como você nos caracteriza de maneira tão mesquinha. Somos Axi e Robinson, Bonnie e Clyde censura livre." Ele me ergueu na luz do sol e deu seu sorriso deslumbrante. "Se nós não pertencemos a este lugar, quem pertence?"

O que eu poderia fazer a não ser rir? "Acho que roubar uma Harley deveria pelo menos nos render um proibido para menores de catorze anos", eu disse.

"Estou totalmente de acordo", disse Robinson. Então ele ergueu um dedo, sinalizando para eu esperar. "Como dizem por aí, já volto."

Ele foi até a segurança mais próxima, uma mulher de meia-idade toda vestida de preto. Fiquei observando enquanto homens de terno e mulheres em vestidos de coquetel coloridos passavam por ela e entravam pelas portas. A segurança tentava ignorar Robinson, mas eu sabia que isso não duraria. Quando Robinson ligava seu raio mágico, poucos conseguiam resistir.

Como era de se esperar, um instante depois, ela acenou com a cabeça e me chamou com um sinal. Quando me aproximei, ela olhou para mim com... preocupação, ou talvez até pena. Estremeci sob seu olhar. O que exatamente Robinson havia dito a ela? "Vocês dois entrem aí", ela sussurrou, apontando para uma entrada lateral.

E então entramos, e havia pessoas famosas por toda parte. Vi Matt Damon conversando com Mark Wahlberg perto de um vaso de samambaia, e Tina Fey posando na frente de um estande gigante de paparazzi. Os flashes das câmeras estouravam como fogos de artifício e, em questão de segundos, eu não me preocupava mais com o que Robinson dissera à segurança. Ao nosso redor havia superastros de verdade conversando, rindo e bebendo de graça, como pessoas normais.

"Estou vendo muitos trabalhos faciais excelentes", observou Robinson. De alguma forma, ele tinha conseguido pegar uma taça de champanhe.

"'Eu amo Los Angeles. Amo Hollywood. Eles são lindos. Todo mundo é de plástico, mas eu adoro plástico'", eu disse.

"Ahn?".

"Andy Warhol disse isso."

Robinson estendeu o braço, e eu coloquei minha mão na dobra do cotovelo, como se estivéssemos a caminho do baile de formatura. Ele se aproximou, e pude sentir a respiração dele no meu cabelo.

"Eu disse que entraríamos, não disse?"

"E você tinha razão", eu disse.

"O que faz você estar...?", ele ficou esperando, com um sorriso cheio de expectativa brincando no canto da boca.

Suspirei. "Errada."

Ele riu e me puxou para perto. "Axi admite falibilidade", disse ele. "Vou guardar este momento para sempre."

Com a bochecha pressionada contra sua camisa, sorri para ele. Eu também guardaria aquele momento, pensei, mas por um motivo totalmente diferente. Poucos dias antes, estávamos em Klamath Falls, e agora estávamos no tapete vermelho. O que não poderíamos fazer, desde que estivéssemos juntos?

# 15

Existe um limite para o sucesso de qualquer parceria. E descobrimos o nosso mais tarde naquela noite, quando Robinson decidiu que estava na hora de me ensinar a dirigir.

Eu disse: "Robinson, eu não posso aprender a dirigir em um carro roubado".

Ele encolheu os ombros. "É como qualquer outro carro. Pedal do acelerador à direita, freio à esquerda. Quatro marchas para frente, uma para trás."

Ele era sempre muito confiante. Mas talvez fosse porque tudo acontecia com facilidade para ele. Ele podia ligar uma Harley, encantar qualquer pessoa com sua conversa e tocar qualquer instrumento musical que lhe caísse nas mãos. Sua porcentagem de lance livre era ridícula, e, não importava onde estivesse, sempre conseguia encontrar o norte verdadeiro.

Eu? Eu não tinha tanta certeza quanto a mim mesma. Sobre qualquer coisa. "Não sei como me sinto em relação a isso", eu disse baixinho.

Robinson reclinou o banco do passageiro e fingiu fechar os olhos. "Eu me sinto bem por nós dois. Está na hora de eu relaxar e aproveitar o passeio."

Apertei as mãos no volante. *Você consegue fazer isso, Axi,* disse a mim mesma. *Você jogava Grand Prix Legends!* Então veio a outra voz: *Sim, e era péssima. Você sempre batia logo no início.*

"Preparada?", Robinson perguntou.

Assenti com a cabeça, embora não estivesse. Robinson precisou se inclinar para a frente e ligar o carro, porque eu não sabia como mexer com a chave de fenda.

"Está bem. Verifique os espelhos e veja se não vem ninguém. Depois, você vai pisar no freio e mudar para *drive*." Ele fazia parecer muito fácil, como se eu não estivesse atrás do volante de uma máquina mortal de duas toneladas.

Devo ter pensado em voz alta, porque Robinson disse: "Isso é um pequeno exagero. Estamos em um estacionamento vazio, Axi. Quanto dano você pode causar?".

"Não sei", eu disse severamente. "Vamos ver."

Por um segundo, pensei na aula de física, aquela que eu havia matado no dia que encontrei Robinson no velho balcão empoeirado do Ernie's. *Um corpo em repouso permanecerá em repouso a menos que uma força externa atue sobre ele.* Essa é a Primeira Lei de Newton. Em outras palavras, eu estava totalmente segura – até pisar no acelerador.

Mas, respirei fundo e, de alguma forma, mudei de marcha com sucesso. Como o carro não explodiu, me forcei a pisar levemente no acelerador. O carro avançou. Devagar. Aos solavancos. Mas se mexeu. "Ai, meu Deus, estou dirigindo", falei.

Robinson sorriu. "E o prêmio por afirmar o óbvio vai para... Alexandra Moore!"

"Cale a boca", gritei.

Robinson riu. "Desculpe... não pude resistir. Você normalmente é uma pensadora muito mais sutil."

"Eu te odeio", eu disse, mas também ria.

Eu estava a trinta quilômetros por hora e parecia voar. Também me aproximava rapidamente do limite do estacionamento. "O que faço agora?"

"Por que não tenta virar", sugeriu Robinson. "Para a gente, sei lá, entrar no trânsito?"

Bati o pé no freio e me virei para encará-lo. Claro, eu tinha dirigido decentemente por trinta segundos, mas algumas coisas simplesmente não eram engraçadas ainda. "Isto é difícil para mim, sabe!", gritei.

Robinson se aproximou e colocou a mão no meu braço. Foi... tranquilizador. "Axi", ele disse gentilmente, "isso é realmente difícil para você? Pense nisso antes de responder."

Fiz uma careta. Era assustador, sim. Desconhecido. Mas difícil? Bem, na verdade não. Era como Robinson tinha dito: acelerador à direita, freio à esquerda. Quatro marchas para frente, uma para trás.

Tudo o que eu precisava fazer era seguir em frente.

Foi como se Robinson pudesse ver o medo deixando meu corpo. Ele apertou meu braço. "Está vendo?", ele disse. "Você consegue. Você vai ficar bem."

E eu estava bem. Dirigi pelo estacionamento por quase uma hora enquanto Robinson, o karaokê humano, cantava canções sobre dirigir: "On the Road Again", "I Get Around" e "Mustang Sally". Pratiquei fazer curvas, acelerar e até estacionar em paralelo.

Por fim, Robinson disse: "Acho que você está pronta para a rua".

Eu disse: "Acho que estou pronta para você parar de cantar".

"Combinado."

Então, na beira do estacionamento, olhei para os dois lados, e entrei no trânsito.

"Pé na tábua, Axi!", disse Robinson.

Eu estava zonza, empolgada, assustada. Ao volante de um carro, na fantástica Los Angeles, com o garoto que provavelmente era o amor da minha vida sentado ao meu lado.

"Nossa, você cortou aquele cara ali", disse Robinson.

"Cortei?"

"Não dirija como se você fosse a dona da estrada; dirija como se fosse a dona do carro."

"Engraçado", eu disse, checando os retrovisores e acelerando, "porque eu não sou a dona dele, nem você."

*"If I can just get off of this LA freeway / Without getting killed or caught"*,[3] Robinson cantou. Era alguma velha música country.

Ele não deveria não cantar? "Não é uma autoestrada", observei.

E que bom que não era, porque o que aconteceu na sequência teria sido muito pior.

A outra parte da Primeira Lei de Newton? *Um corpo em movimento permanecerá em movimento, a menos que haja ação de uma força externa.*

Nesse caso, a força externa foi um parquímetro.

Não sei como aconteceu. Num minuto, estava tudo bem. No minuto seguinte, estávamos parados, e havia sangue escorrendo do meu nariz.

---

3 Se eu conseguir sair desta autoestrada de Los Angeles / Sem ser morto ou preso.

# 16

Tonta e apavorada, eu olhava pela janela com uma camiseta no rosto enquanto Robinson seguia apressado para a Interestadual 10. Ele havia me dado a camiseta enquanto deslizava para o banco do motorista. Tivemos de deixar o local rapidamente. Havia testemunhas.

"Você está bem, não está?", ele perguntou.

"Acho que sim." Minha voz saiu muito baixa. Eu não estava preocupada com meu nariz. Estava preocupada em ter destruído um carro roubado.

"Não se preocupe", Robinson me assegurou. "O Departamento de Polícia de Los Angeles tem coisas muito mais importantes com que se preocupar."

Mas a voz dele parecia meio trêmula. Como se não tivesse ideia do que falava. E ele ficava olhando pelo espelho retrovisor, como se procurasse por luzes piscando.

"Eu sinto muito", sussurrei. Mas acho que ele não me ouviu.

Os olhos dele disparavam da estrada para o espelho e vice-versa. "Bem, Axi, nas palavras imortais de Dale Earnhardt, 'Você ganha alguns, você perde alguns, você destrói alguns'", disse ele. "Todo caminho tem sua pedra, sabe? Quem não arrisca não petisca! Você não pode fazer uma omelete sem quebrar alguns ovos. E quem quer viver em um mundo sem omeletes? Além de galinhas, é claro. Quer dizer, tenho certeza de que elas ficariam totalmente bem com isso, em êxtase, na verdade..."

"Robinson, você está tagarelando", eu disse.

"O quê?" Ele se virou para mim, os olhos brilhando.

Tirei a camiseta do rosto e senti um fio de sangue escorrer até meu lábio. Tinha gosto de sal. "Você está tagarelando", eu disse. "Você está pirando?"

Ele arregalou os olhos. "Quem, eu? Não! Eu não estou pirando. Não, de jeito nenhum! Eu não."

"O sujeito protesta demais, creio", disse eu, sentindo-me subitamente mais tonta. Robinson costumava ser tão calmo; vê-lo perturbado definitivamente não melhorou a situação.

Robinson disse: "Hein?".

"Uma ligeira modificação de uma citação de *Hamlet*", eu disse fracamente. Percebi que estava batendo os pés bem rápido no chão, quase como se tentasse fugir dentro do carro.

"Você está falando nosso idioma?", perguntou. "Tipo, mesmo agora?"

Cerrei os punhos. Foi meu primeiro momento real de dúvida. Dúvida intensa e profunda. O que nós estamos *fazendo*? Será que esta viagem foi a pior ideia que já tive na vida?

Acho que devo ter dito isso em voz alta também, porque Robinson quase que instantaneamente se acalmou. Ele respirou longa e profundamente, então se inclinou e apertou meu joelho. "Tivemos uma pequena aventura e agora está na hora de seguir em frente", disse ele, com delicadeza. "Esta viagem é uma ideia brilhante, Axi. A melhor."

"Tem certeza?", perguntei. "Estamos prestes a ser pegos?"

"Não", disse Robinson, desta vez parecendo seguro. "Estamos bem. Embora falte um farol e você tenha sangue no queixo, o que parece estranho. Tipo, talvez você seja uma vampira ou algo assim. Mas, de verdade. Nós estamos bem. Estamos melhor do que bem. Nós somos invencíveis. O que vem a seguir em nosso itinerário?"

Eu não conseguia acreditar na rapidez com que o humor dele havia mudado. Mas se Robinson se sentia confiante de novo, eu também tentaria ficar. Porque, se eu não confiava nele, o que fazia percorrendo o país ao seu lado?

"Bem... Vegas, na verdade", eu disse. Sim, nós havíamos ultrapassado os limites. Eu entendia isso. Mas talvez as coisas ainda fossem funcionar para nós.

Robinson bateu no volante. "Vegas, gata, aí vamos nós!"

Eu podia ouvir a felicidade em sua voz. Parte de mim queria sacudi-lo e outra parte o adorava por seu otimismo infalível. Quantas vezes eu estive no abismo do desespero, apenas para ver Robinson se abaixar e me puxar para a luz do sol? Mais do que eu gostaria de lembrar.

"É tudo culpa sua, sabe", eu disse, enxugando o nariz e o queixo.

Ele bufou. "Não fui eu quem bateu."

"Mas foi você quem tentou me ensinar a dirigir."

"É uma habilidade para a vida, Axi. Não vou poder dirigir para você para sempre." Ele se virou para sorrir para mim. Talvez fosse um truque de luz, mas parecia que havia um novo lampejo de melancolia por trás de seu sorriso.

"Sim, vai sim", eu disse suavemente. Mas Robinson não respondeu.

# 17

Dirigimos noite adentro. As formas escuras das colinas de Los Angeles deram lugar a um nada plano e, depois de algumas horas, um brilho laranja floresceu no céu. O brilho ficou cada vez mais forte e, quando a rodovia começou sua suave descida, de repente um vasto oceano de luzes cintilantes se estendeu abaixo de nós.

"*Oooh, Las Vegas ain't no place for a poor boy like me*",[4] Robinson cantou. Então ele se virou para mim. "Isso é Gram Parsons", disse ele. "Você ouviu aquele álbum que eu te recomendei?"

Eu me encolhi no assento, balançando minha cabeça cuidadosamente.

Robinson riu. "Não importa. Eu posso cantar tudo para você."

"E provavelmente vai fazer isso mesmo", eu disse.

Cantarolando, ele nos levou pela Strip, que era um milhão de vezes mais iluminada que o Natal. A rua estava clara como o dia, embora já passasse da meia-noite. Passamos pelas placas do Bellagio, do Bally's, do MGM Grand – cassinos que eu conhecia de *Onze homens e um segredo*, ambientados em uma paisagem que conhecia do *Medo e delírio em Las Vegas*, de Hunter S. Thompson.

"Então, temos que apostar, certo?", Robinson perguntou.

---

4 Oooh, Las Vegas não é lugar para um menino pobre como eu.

Assenti com a cabeça, de repente decidida. "Acredito que seja necessário."

Me limpei no banheiro de um 7-Eleven, enquanto Robinson comia seu décimo milésimo salgadinho. Depois, fomos para o Luxor, principalmente porque tinha a forma de uma pirâmide. Tinha até uma esfinge gigante na frente, um absurdo ao qual simplesmente não conseguimos resistir.

No momento em que entramos, estávamos em outro mundo. O som de máquinas caça-níqueis, o cheiro de ar-condicionado e suor, as luzes piscando: era uma sobrecarga sensorial total.

Robinson colocou o braço em volta dos meus ombros. "Você quer ganhar muito?", ele perguntou.

"Sim, temos vinte dólares para gastar."

"É isso que o seu orçamento lhe diz? Bem, são dois jogos de blackjack com uma compra de dez dólares", ele sorriu. "Isso imaginando que a gente não ganhe, o que vamos fazer."

"Vinte dólares vão durar mais nos caça-níqueis", eu disse, porque sentar em semicírculo com um bando de estranhos e tentar decidir se deveria pedir mais uma carta ao jogador era mais do que eu estava disposta a fazer.

Robinson olhou para a mesa de blackjack com desejo. Ele provavelmente achava que poderia enfeitiçar as cartas para que caíssem do jeito que ele queria. Eu não. Talvez eu não fosse mais a BM, mas nunca seria o tipo apostadora. Porque era do meu dinheiro de babá que estávamos falando, e eu havia enfrentado alguns pirralhos e tanto para ganhá-lo.

Talvez tenha sido bom que um cara corpulento com um colete preto veio até nós enquanto íamos para as máquinas caça-níqueis. Ele queria ver nossos documentos de identidade.

"Então, veja bem...", Robinson começou.

O cara o interrompeu. "Olha, me poupe. Se você tem uma identidade, pode jogar. Se não, fora."

"Vá em frente", eu disse ao Robinson. "Agora você pode jogar uma mão de cartas. Vou esperar lá fora."

Ele balançou a cabeça. "De jeito nenhum, Axi, estamos nisso juntos."

Gostei muito de ouvir isso. "Está bem, o que você quer fazer agora?"

Robinson bocejou tão profundamente que decidi não esperar por uma resposta. Eu disse: "Vamos encontrar um lugar para dormir".

Então, paramos no estacionamento vizinho de um local chamado Treasures, que a princípio pensei ser uma loja de presentes.

"Por que está aberto tão tarde? Quem precisa de um globo de neve às duas da manhã?"

Robinson riu – *de* mim, não comigo. "É um clube de strip, sua tonta. Esta é a cidade do pecado, lembra?"

Eu estava cansada demais para me ofender. Sentei-me no banco de trás e puxei meu moletom por cima de mim. Robinson pôs a mão em torno de seu assento na frente, e eu estendi o braço e a segurei. Lá estávamos nós no carro novamente, um metro de ar e vinte centímetros de espuma entre nós. *Por que* eu não tinha feito alguma coisa no hotel?

"Me conte uma história para dormir", disse Robinson.

"Cante uma canção de ninar", retruquei.

"Jogue uma moeda", disse ele.

Eu concordei, e ele perdeu. Então, adormeci com Robinson cantando, batucando levemente no painel.

*Havia uma garota chamada Axi*
*que era uma fugitiva.*
*Em vez de pegar um táxi*
*ela tentou dirigir.*
*Ela bateu o carro e machucou o nariz*
*e eu não quero me impor*

*mas quem vai resgatar Axi*
*se não um Malandro encantador?*

De modo geral, foi uma canção de ninar muito boa.

O som de uma risada me acordou às quatro da manhã. Algumas dançarinas deixavam o clube, terminado o turno da noite.

Uma passou pelo carro e me viu no banco de trás. “Ei, menina”, disse ela, inclinando-se tão perto que pude sentir o cheiro de perfume e suor. “Você não pode dormir aqui. Vão rebocar seu carro e levar você e seu amigo para o depósito.”

Robinson se sentou, esfregando os olhos. “Ahn?”

“Vocês precisam voltar para casa”, disse outra. Dava para ouvi-la mascando o chiclete. “Onde quer que seja.”

Robinson se inclinou para fora da janela e sorriu para elas como se fossem amigos há muito perdidos. “É um conselho excelente”, disse ele. “E eu agradeço por ele. Mas, infelizmente, não temos como segui-lo neste momento.”

As mulheres caíram na gargalhada. Uma cutucou a outra com seu quadril ossudo. “Olhe para eles! São fofos como gatinhos. Chrissy, leve-os para casa com você.”

A loira chamada Chrissy nos olhou. Ela passou um tempo especialmente longo olhando para Robinson. “Meu carro é o Chevy branco ali”, ela disse, finalmente. “Me sigam.”

# 18

Basta dizer que eu não queria ir. E se Chrissy fosse uma assassina?

Mas Robinson disse que, primeiro, as chances de isso acontecer eram muito pequenas; e, segundo, ser morto assassinado era possivelmente mais atraente do que passar outra noite com o freio de mão enfiado na lateral do corpo. Então, seguimos Chrissy em direção à velha Las Vegas Strip (o lugar que costumavam chamar de Glitter Gulch) e a um modesto complexo de apartamentos.

"Lá vamos nós", disse ela, apontando para um sofá vermelho detonado no meio de uma sala de estar suja. Luzes de neon das placas externas refletiam nas paredes nuas. "Você dorme aí, e seu namorado pode ficar no chão do quarto das crianças. É acarpetado."

"Ele não é meu namorado", eu disse, por hábito. Pude ver Robinson se preparando para dizer sua fala – *Ela me convidou para sair, mas eu recusei* –, então acrescentei rapidamente: "Ele não faz meu tipo".

Chrissy ergueu uma sobrancelha fina e pintada. "Ah, é? Porque me parece que ele faz o tipo de todo mundo."

Robinson, que parecia prestes a cair de exaustão, deu um show beijando seus bíceps. Era um idiota lindo. *Claro* que era meu tipo.

"Idiota", eu disse.

"Nerd", ele retrucou.

Chrissy gargalhou. "Deus, vocês dois são seriamente as coisas mais fofas do mundo. Se não estão juntos, não sei qual é o problema de vocês."

Então ela entregou a Robinson uma pilha de cobertores e o empurrou em direção à porta de um quarto. "O garoto da esquerda ronca", disse ela. "Aviso justo."

Ela me deu um último sorriso cansado e vagamente maternal e desapareceu em seu quarto. Deitei no sofá macio e pensei no que ela disse: se Robinson e eu não estávamos juntos, ela não sabia o que havia de errado conosco.

Eu também não sabia. Quer dizer, havia muita coisa errada conosco. Mas era isso que nos mantinha separados?

Não consegui dormir, pensando nisso. Pensando nele. Perto do amanhecer, entrei na ponta dos pés no quarto onde ele dormia. Ele estava deitado de lado, a mão enfiada embaixo da bochecha. Eu o observei por um longo tempo, contando suas respirações lentas e imaginando que dava para ouvir a batida forte de seu coração.

Parecia ridículo até para mim, mas eu não suportava não estar perto de Robinson. Especialmente agora que tinha passado todas as noites com ele desde que começamos esta viagem *totalmente maluca, mas também a melhor coisa do mundo*. Ele me fazia sentir o tipo de alegria que eu não sentia desde que era criança e minha família estava completa. E ele também me fazia sentir... uma espécie de barato que eu nunca havia sentido antes na minha vida.

Como eu poderia voltar a ficar sozinha – ficar sem ele – agora que sabia que esses sentimentos eram possíveis?

Antes que pensasse no que estava fazendo, me arrastei para frente e me deitei ao lado dele, sincronizando minha respiração com a sua. Quer ele me quisesse ou não da mesma forma que eu o queria, nós estávamos juntos nisso. Foi o que Robinson disse. Nunca tinha pensado que palavra complicada que era *juntos*.

# 19

Acordei arfando. Havia um peso no meu peito, esmagando meu coração, tirando o ar dos meus pulmões. *Então é isso*, pensei, *esta é a sensação de morrer.*

Em seguida: ah, meu Deus, eu não beijei Robinson ainda. Exceto aquela vez, muito tempo atrás, quando tomei aquela cerveja, que nem conta...

Agarrei as cobertas, os pulmões gritando. Meus dedos desesperados sentiram algo duro e redondo – um joelho pequeno e ossudo.

Houve um gritinho, uma risadinha alta, e de repente o peso foi embora. Então me sentei, atordoada e piscando. Havia um menino no chão, olhando para mim com olhos verdes gigantes.

"Meu nome é Mason Drew Boseman", disse ele, atrevidamente. "Tenho quatro anos."

"Você deve pesar cinquenta quilos", arfei, esfregando meu esterno, onde ele estava sentado.

Então uma garotinha entrou, segurando um coelhinho de pelúcia sujo. "Esta é a Lila", disse Mason. "Ela tem dois anos e não sabe usar o penico."

"Eu sou... Bonnie", eu disse, a respiração finalmente voltando ao normal. "Prazer em conhecer vocês dois."

Mason abaixou a cabeça, repentinamente tímido, como se quase não tivesse me matado. Lila apenas me encarou, então lentamente levou o polegar à boca e começou a chupar.

"Acho que vou me levantar agora", eu disse, me desvencilhando do cobertor limpo, mas surrado. Eles continuaram me encarando.

Entrei na cozinha, seguindo o cheiro de café. "Bom dia…", comecei a dizer.

Mas parei. Porque Chrissy, que estava descalça e com uma camisola de seda vermelha, pressionava Robinson contra o balcão. E ela o beijava.

E parecia para qualquer um que ele a beijava de volta.

Eu me virei e fiquei tremendo no corredor. Realmente tinha acabado de ver aquilo? Havia uma chance de eu ainda estar sonhando? Mason olhou para mim interrogativamente.

Contei até vinte, tossi e tentei fazer soar como se estivesse chegando à cozinha. Ouvi o arrastar de pés, o barulho das pernas da cadeira contra o linóleo. Desta vez, quando saí do corredor, Robinson estava à mesa, lendo o jornal como se fosse o homem da casa. "Bom dia, flor do dia", disse ele, empurrando uma caneca de café fumegante para mim. Ele precisava se barbear e havia uma mancha de sujeira no rosto dele.

"Ele trocou meu óleo, acredita nisso?", Chrissy me perguntou. Ela estava com as bochechas vermelhas.

"Isso não é uma metáfora para algo, é?", perguntei, olhando diretamente para Robinson.

Ele optou por ignorar a pergunta. "Acordei cedo. Pensei em fazer um favor a uma amiga."

Esse era Robinson. Ele nunca perdia uma oportunidade de ajudar alguém. Aparentemente, também nunca perdia uma chance de beijar alguém. A menos que esse alguém fosse eu.

Chrissy havia sentado no balcão e olhava para ele como se estivesse pronta para pedir que Robinson se mudasse para lá.

Ela podia ter dois filhos, mas provavelmente era apenas alguns anos mais velha do que nós.

Mason puxou minha perna. "Você sabia que esquilos mortos podem comer a gente? Eles têm dentes muito afiados. Esquilos mortos são legais. Os dinossauros também são legais, e o Batman, mas o Homem-Aranha é melhor porque foi picado por uma aranha." Mason começou a pular para cima e para baixo, errando meu pé por pouco. "O Superman pode ir para o espaço porque pode voar, mas não o Homem-Aranha, porque precisa de uma teia e não pode atirar para o espaço porque não há prédios lá em cima." Os saltos dele progrediram para uma pulação selvagem.

Chrissy deu uma risadinha.

"Eu juro que não dou café a ele."

"Ele é um charme", eu disse entredentes.

"Eu não sou um charme. Eu estou morrendo de fome!", Mason disse.

Dei um passo à frente. "Posso preparar o café da manhã?", perguntei. "Para você relaxar?"

Chrissy olhou para mim com surpresa. "Ahn... está bem."

"Você nos acolheu... é o mínimo que posso fazer." O fato era que eu não sabia o que fazer com as mãos e cozinhar me acalmaria. Então fiz omeletes para todos, com queijo cheddar e pedaços de cebolinha de um vaso que Chrissy mantinha no parapeito da janela. Pensei em deixar a omelete dela malcozida e colocar pedaços de casca de ovo, mas me lembrei de que ela não era exatamente a malvada da história. Eu havia lhe dito que Robinson não era meu namorado, então, até onde ela sabia, ele estava disponível.

Não que eu a perdoasse totalmente.

"Nossa, tive sorte em trazer vocês dois para casa", disse Chrissy, com a boca cheia de ovos. "Esta é a melhor omelete que já comi."

"Já fiz muitas", eu disse. "Não sou gourmet nem nada."

Robinson apontou o garfo para mim. "Não é verdade. Ela sabe cozinhar qualquer coisa. Será uma boa esposa um dia."

"Cuidado", avisei.

"É um elogio", insistiu Robinson.

"Não tomei como um", disse.

"Vocês brigam como irmãos", disse Chrissy, rindo. Então ficou séria novamente. "Seus pais sabem onde vocês estão?"

Voltei para o fogão. "Vamos usar a Quinta Emenda[5]."

"Estamos de férias", disse Robinson.

Chrissy suspirou e recostou-se na cadeira dobrável. "Tudo bem", ela disse, "não vou me intrometer. Todos têm direito aos seus segredos. Mas aqui vai um conselho: saiam de Las Vegas, está bem? Porque a gente vem para cá e acaba ficando preso."

Ela então olhou para a janela, a que dava para o Neon Boneyard, aonde velhas placas vão para morrer. Algo me disse que ficar presa foi exatamente o que aconteceu com ela.

Olhei para Robinson, que estava enchendo seu café de açúcar. Nós nunca ficaríamos presos em lugar algum, mesmo se quiséssemos. Havia uma razão inegável para isso. Mas era um de nossos segredos.

---

5 A Quinta Emenda à Constituição dos Estados Unidos garante aos cidadãos norte-americanos o direito de permanecer calado, evitando, assim, que se autoincrimine.

# 20

"Eu não quero falar sobre isso."

Foi o que Robinson disse quando perguntei o que ele fazia tentando encontrar as amígdalas de uma stripper de Las Vegas às nove da manhã. (Como se tudo fosse simplesmente ficar bem no fim do dia.)

"Bem, eu quero falar sobre isso", eu disse. Tinha arrastado Robinson e nossos poucos pertences para fora assim que o café da manhã acabou, tentando evitar que Chrissy nos convidasse para ficar.

Ele olhou para mim por um momento, a expressão ilegível, e então se virou e foi embora. Passou pelos carros estacionados perto do Museu do Neon, balançando a cabeça e aparentemente falando consigo mesmo.

Me senti tão impotente. Estava louca? Imaginara a tensão romântica entre nós? E se Robinson nunca quisesse nada comigo além de amizade? Se isso fosse verdade, era uma pena que Chrissy não fosse mesmo uma assassina, porque eu morreria uma longa e lenta morte de humilhação.

Sequei uma gota de suor do lábio. Eram dez da manhã e já fazia calor. Sentei-me na ponta do pé de um sapato gigante de salto alto de metal, que costumava fazer parte do letreiro do Silver Slipper Saloon.

Eu *odiava* Las Vegas.

"O que você está fazendo?", finalmente perguntei para Robinson.

Ele não respondeu. Ainda estava andando. Eu não ia ficar seguindo ele para cima e para baixo na rua, então olhei para todos os sinais de neon mortos. Havia um que dizia CAPELA DE CASAMENTO e outra bem ao lado que dizia PECADO.

Pensei em todas as pessoas que tinham vindo a Vegas em busca de amor ou dinheiro, e que porcentagem minúscula delas deve ter realmente encontrado o que procurava.

Robinson apareceu ao meu lado e, embora finalmente estivesse dizendo algo, não era nada que me interessasse. Escutei sua explicação sobre o beijo na cozinha. Enquanto isso, continuava olhando para os neons: GOLDEN NUGGET, JOE'S LONGHORN CASINO...

Então Robinson agarrou meu braço e me virou na sua direção. Ele disse: "O problema do Boxster é que ele come pneus. Especialmente se soltarmos a embreagem. Mas, como não pretendemos ficar com ele por muito tempo...".

Examinei a pintura descascada do sapato. "Não sei do que você está falando."

Robinson suspirou, exasperado. "Estou falando de um Porsche, Axi, porque nós vamos pegar um." Ele apontou para uma forma baixa e negra a cem metros de distância. "É um modelo mais antigo, então não terá sistema de rastreamento. É difícil roubar carros que enviam pequenos sinais para o departamento de polícia de Las Vegas, sabe?"

Finalmente olhei para ele. "Nós já temos um carro."

"Estou cansado dele", disse Robinson. "Precisamos de um melhor." Ele chutou a ponta do sapato.

"Não quero roubar outro carro", eu disse.

"Ah, minha amada Axímoro... *você* não precisa roubar", disse ele, que me lançou seu lindo sorriso e então se afastou.

Cerrei os punhos e olhei para o céu branco do deserto. Robinson estava louco. *Ele beija uma garota e depois me chama de sua amada? Qual é?*

Houve um cantar de pneus quando Robinson parou na minha frente. "Entra", ele ordenou.

Se eu não entrasse, ele iria embora sem mim? Sinceramente, parecia que sim. Em momentos assim, Robinson parecia o bad boy que meu pai sempre dizia que ele era.

Eu mal tinha colocado o cinto de segurança quando Robinson ligou o motor e saiu para a rua. Antes que eu piscasse, ele estava a mais de cem quilômetros por hora.

"Foi isso o que eu quis dizer com soltar a embreagem", ele disse calmamente. "Caso você esteja se perguntando."

Fiquei olhando pela janela, recusando-me a olhar para ele. "Eu não estava", eu disse.

Saíamos da cidade, deixando as luzes brilhantes e as promessas quebradas de Las Vegas para trás. Rapidamente.

"Calma", disse a ele.

Robinson apenas riu. "A velocidade nunca matou ninguém! Ficar inerte de repente... é isso que pega."

Cruzei os braços. "Sim, se mil outras coisas não te pegarem primeiro", bufei.

Mas foi a vez de Robinson me ignorar. Ele começou a assobiar "Born to Run", do Bruce Springsteen, e continuou, repetidamente, até eu estar prestes a implorar para ele parar.

Então ele viu as luzes piscando atrás de nós, e de repente não precisei fazer isso.

# 21

*Os objetos no espelho estão mais próximos do que parecem*. Isso é o que está escrito no retrovisor do seu carro, mas estou aqui para dizer que, no minuto em que você perceber que o objeto que vê é um carro de polícia, ele já está perto demais.

"Robinson", sibilei, o pânico crescendo em minha voz.

"Talvez não estejam atrás de nós", disse ele. "Eu só estava indo... hmm, trinta quilômetros por hora acima do limite de velocidade. Caramba, é praticamente um crime ir mais devagar por aqui. Aqui é Las Vegas, gata... tudo é legal, exceto bom comportamento."

Dava para dizer pelo som da voz dele que Robinson não acreditava naquilo, mas queria que eu acreditasse. Ele não queria que eu tivesse medo. Ele nunca teve, desde que o conheci.

"Encoste à direita." A voz amplificada e crepitante vinha de um megafone montado na lateral do carro da polícia.

Robinson olhou para o velocímetro como se verificasse até onde os números iam. Como se estivesse se perguntando se deveria tentar fugir do cara.

"Nem pense nisso", avisei. "Faça o que o policial diz."

"Você não está parecendo muito com Bonnie", disse ele em tom de censura.

"Pelo amor de Deus, isto não é um filme. É a vida! *Pare o carro!*"

Eu estendia a mão para puxar o volante para a direita quando Robinson diminuiu a velocidade, ligou o pisca-alerta com a maior educação do mundo e parou o carro.

"Está vendo? Sou capaz de seguir instruções", disse Robinson. Ele tentou manter o tom leve.

Mas isso não importava agora. Coloquei o rosto entre as mãos. Tínhamos sido pegos. Podia ver as manchetes, o advogado nomeado pelo tribunal, o macacão laranja horrível que me fariam usar. Eu tinha idade suficiente para ser julgada como adulta?

"Vai ficar tudo bem", Robinson disse baixinho.

*Mentiroso*, pensei.

O policial se aproximou da janela de Robinson. De onde eu estava, podia ver apenas seu cinto e a barriga redonda e macia acima dele. "Carteira de motorista e documento do veículo", ele disse rispidamente.

Nem mesmo um "por favor".

"Senhor", Robinson começou, "há algum problema?"

O policial estendeu a mão. "Carteira de motorista e documento do veículo", ele disse novamente.

Robinson sorriu de maneira insinuante. "Acredito que eu estava indo na velocidade do tráfego... talvez um pouquinho rápido..."

*"Carteira de motorista e documento do veículo."*

Robinson se virou para mim com os olhos arregalados. "Ele parece ter um vocabulário um tanto limitado", ele sussurrou, e, para meu horror, quase explodi em uma gargalhada.

Cobri a boca enquanto Robinson fingia remexer no porta-luvas. "Está aqui em algum lugar", disse ele.

O policial começou a bater impacientemente no teto do carro. Então ele se inclinou e olhou para nós dois com atenção. Ele tinha olhos pequenos e maus, e uma boca raivosa. "Não são muitos garotos que têm um carro tão bom", disse ele. "Era de se imaginar que os pais os ensinariam a dirigi-lo. Mas crianças ricas e mimadas... elas não escutam muito os pais, certo?"

Foi a primeira vez na minha vida que alguém me chamava de rica.

"Gostava mais dele quando não falava", sussurrei para Robinson.

Robinson pegou o documento do carro e o entregou. O policial o inspecionou. "Carteira de motorista", disse ele.

"Senhor, isso tudo é um erro", disse Robinson. "Sinto muito pela velocidade. Se puder apenas nos deixar ir com uma advertência, prometo que nunca mais farei isso."

O policial soltou uma risada. "Já ouvi essa antes. Nasce um otário a cada minuto, filho, mas você não está olhando para um." Ele olhou filosoficamente para a estrada e depois se virou para nós. "Sabem, esses meninos ricos", continuou ele, os olhos estreitos e frios, "se a família não lhes ensina algumas coisas, a lei precisa fazê-lo. A lei adora dar aulas."

Robinson estava acostumado demais a encantar pessoas. Eu o vi conseguir se livrar de detenções e entrar em uma festa de Hollywood e tudo mais só na conversa. Então, agora ele parecia não acreditar no que estava ouvindo. Mas assentiu com a cabeça. "Claro, senhor. Compreendo. Mas vou precisar sair do carro. Guardo a carteira embaixo do assento e não consigo alcançá-la daqui. Posso sair, senhor?"

O policial recuou. Robinson estendeu o braço e agarrou minha mão. Com força. "Bonnie", ele sussurrou.

"O quê?", perguntei. Mas ele já estava fora do carro, e eu ainda podia sentir a pressão de seus dedos na minha pele.

Eu vi tudo pela janela. A princípio, Robinson manteve as mãos no ar, para mostrar ao policial que não pretendia fazer nada de mal. Mas a próxima coisa que percebi foi um lampejo de movimento, um grunhido e um grito de raiva.

Robinson gritou: "Saia, Bonnie, preciso de você!".

Sem pensar, obedeci. E foi então que vi o amor da minha vida (ladrão de carros, invasor e beijador de strippers) apontando uma arma para o rosto de um jovem policial.

Quase caí de joelhos. Estendi a mão para o capô do Porsche para me equilibrar. O metal da arma brilhava sob a luz do sol do deserto. *Isso não pode estar acontecendo,* pensei. *Isto é definitivamente um sonho ou uma cena de um filme. Ou uma alucinação ou coisa parecida.*

Robinson se virou para olhar para mim e, juro por Deus, *piscou.*

Meu queixo caiu. Se antes eu o achava um pouco maluco, agora tinha certeza de que ele havia enlouquecido completamente. Então vi aquele sorrisinho cintilar no canto de sua boca. Esse sorriso eu conhecia melhor do que o meu. Ele me dizia: *É tudo uma brincadeira, Axi. Ninguém vai se machucar.*

Dei um passo na direção dos dois e rezei para que ele estivesse certo.

"Lamento muito ter de fazer isso", disse Robinson, voltando-se para o policial, "mas você não me deu escolha."

O rosto do policial estava vermelho e brilhante. Ele estava em silêncio, cheio de uma raiva brutal, mas impotente. Parecia ter perdido totalmente a fala.

Olhei para cima e para baixo na estrada, observando o tráfego. Nunca me senti mais feliz por Robinson ter se mantido nas rotas secundárias.

"Bonnie", disse Robinson, "você pega as algemas e coloca nele."

Desajeitadamente, fiz o que me foi dito. Quando fechei o metal em torno de seu pulso, o policial se encolheu. "Eu sinto muito", soltei. "Está muito apertado? Não quero que fique muito apertado, mas não sei exatamente como usar isso."

O policial apenas ficou com o rosto mais vermelho.

Robinson estava nervoso, como se fosse capaz de sair correndo da camisa de flanela. Mesmo sendo uma estrada secundária, alguém podia passar por ali a qualquer momento. "Mais uma vez, eu realmente sinto muito por isso, senhor. É que estamos em uma missão. Precisamos seguir em frente. É uma questão de vida ou morte."

O policial de rosto vermelho pigarreou como se fosse dizer algo. Mas então sua boca se contorceu e abriu, e ele cuspiu. Uma bolha esbranquiçada de muco pousou bem na ponta da bota de cowboy de Robinson.

"Bem, isso foi uma grosseria", disse Robinson, parecendo chocado.

Como se o policial devesse ser mais educado. Eu me perguntei se Robinson tinha de alguma forma batido a cabeça em nosso pequeno acidente e o golpe tivesse mexido com sua mente.

"Vocês, crianças, não têm ideia do problema em que vão se meter", o policial berrou de repente. A raiva e o rosto escarlate dele me assustaram. Mal conseguia encará-lo.

Talvez não fosse o policial o problema. Talvez fôssemos nós. Os adolescentes fora da lei.

Talvez eu estivesse meio com medo de quem havíamos nos tornado tão rapidamente. Tínhamos acabado de ameaçar um policial com sua própria arma e prendê-lo com suas próprias algemas!

Como nossa viagem ficou tão fora de controle depois de eu mapeá-la com tanta perfeição?

E por que... eu não me importava mais?

De repente, me sentia empolgada. Irrefreável. Aquele era o momento de fazer uma escolha real sobre o resto da minha vida, não importava o quanto eu temesse.

Me preparei e levei os olhos ao encontro dos do policial. "Nós não vamos ser pegos", falei.

Disse suavemente, mas com firmeza. Foi uma promessa. Uma oração. Um desejo.

Robinson deu um passo para trás, apontando a arma para a porta do carro da polícia. "Bonnie", ele me disse, "você vai precisar dirigir a viatura". Ele se virou para o policial. "Eu ainda não a ensinei a dirigir carro manual", explicou.

A essa altura, eu estava quase entorpecida pelo choque, mas me sentei no banco do motorista da viatura policial. Pedal do acelerador, seta, ignição. Tudo parecia estar no mesmo lugar. Enquanto isso, Robinson empurrava suavemente o policial para o banco traseiro. Graças a Deus havia um vidro entre nós, pois, mesmo algemado, aquele cara me apavorava. Se olhares matassem, Robinson e eu estaríamos perdidos.

"Você vai ficar bem?", Robinson me perguntou, enfiando a cabeça na janela da frente.

Coloquei as duas mãos no volante, uma às dez e outra às duas. Tentei parecer não estar infartando.

"Bem, não tem parquímetros para acertar."

Ele me deu um sorriso torto. Talvez tenha sido totalmente inapropriado, mas eu precisava daquilo.

"Ótimo, então você está pronta para ir. Agora me siga", disse ele. Ele entrou no Porsche, dirigiu um pouco e pegou uma estrada de terra à esquerda. Nós o seguimos por alguns quilômetros, passando por nada além de terra e mato.

Eu me recusei a olhar no retrovisor porque praticamente podia sentir o olhar mortal que o policial me dava. Estava tão nervosa por causa dos últimos quinze minutos que sabia que, se cruzasse com o olhar dele, surtaria completamente, bateria o carro e acabaria matando nós dois. Segurava o volante com tanta força que meus dedos estavam ficando brancos.

Quando Robinson parou, freei com muita força e saltei do carro, mal me lembrando de puxar o freio de mão.

"Nossa", disse Robinson, me pegando pelo cotovelo enquanto eu cambaleava em sua direção. "Está tudo certo? Ele está todo trancado no banco traseiro?"

"Não, eu o deixei sair", ironizei, puxando meu braço. *Respire, Axi.* "Desculpe. São os nervos."

"Vamos sair daqui."

"Mas...", olhei para o carro da polícia. O policial estava sentado imóvel atrás, mas achei que podia ouvi-lo xingando.

"Alguém vai encontrá-lo, não se preocupe", disse Robinson, apontando ao longe para o que parecia ser uma casa de campo – ou uma miragem. Tudo era plano ao nosso redor. O deserto era muito vazio. Não havia nem sequer um cacto.

Robinson pegou meu braço novamente e me levou em direção ao Porsche. Quando estávamos os dois com cinto de segurança, ele ligou a ignição e saímos de lá em uma grande nuvem de poeira tão alta que escondeu nosso crime completamente.

"Precisamos abandonar o Porsche", disse Robinson ao entrar na estrada principal. Por algum motivo, ele estava voltando para a cidade.

De repente, comecei a tremer. Minhas pernas pulavam e se contorciam, e até meus dentes estavam batendo. Nós tínhamos mesmo acabado de fazer o que eu achava que tínhamos feito?

"Robinson...", eu disse.

"O quê?", ele olhou para mim preocupado.

"Não posso roubar um carro agora. Meus nervos não aguentam."

"Sem problemas", respondeu Robinson. "Podemos voltar ao Plano A de Axi."

"Eu nem mesmo me lembro qual *era*", gemi.

"O ônibus, é claro... a placa de Petri para superbactérias. Porque eu não sei quanto a você, querida, mas eu estou ansioso por algum tipo de infecção terrível." Então Robinson deu um sorriso maníaco.

"Me diga, sinceramente. Você ficou. Completamente. Louco?"

Como de costume, Robinson ignorou minha pergunta e, em vez de me responder, parou em uma estação de ônibus nos arredores da cidade. "Aí está! Nossa passagem para a meningite bacteriana."

Pegamos nossas mochilas e deixamos o Porsche em uma pista de bombeiros. Eu só queria desaparecer. Não tive tempo de escrever uma nota de agradecimento ao proprietário, mas provavelmente foi melhor assim. Agora que éramos criminosos de verdade, precisávamos deixar menos pistas para trás.

Dentro da estação de ônibus estava escuro, frio e encardido. Toda a minha coragem movida a adrenalina tinha desaparecido, e eu queria me enrolar como um tatu-bola em um canto.

"Aonde vamos? Deveríamos ir ver as grandes dunas de areia a seguir", sussurrei.

Robinson examinou o quadro de embarque. "Interessante", disse ele. "Porque essas famosas dunas de areia ficam perto de Alamosa, no Colorado, certo?"

Franzi a testa, confusa. "Como você sabe disso?"

"Minha querida, aquele ônibus sai em instantes. Está vendo?", Robinson apontou. "A sorte dos viajantes está conosco." Ele já estava caminhando em direção ao balcão de passagens, levando a mão à carteira.

Poderia ser realmente assim tão simples? "Achei que fosse sorte dos irlandeses",[6] resmunguei.

Ele se virou e encolheu os ombros. "Quem se importa? Temos nosso transporte. Mas, para sua informação, minha avó era uma rosa irlandesa do condado de Cork."

Olhei para ele surpresa, porque Robinson nunca, nunca falava sobre a família dele. "Está bem, mas e o policial?", perguntei, me apressando para alcançá-lo. "Não podemos simplesmente deixá-lo lá. Precisamos ligar para alguém."

"Achei que você não fosse mais a BM", disse Robinson.

Eu não sabia se ele estava brincando ou não. "Só porque quero me certificar de que alguém não vai morrer de insolação?" Encontrei um telefone público antigo e procurei por moedas nos bolsos. Disse à mulher que atendeu que eu estava andando a cavalo quando topei com um carro da polícia no meio do nada. Eu me fiz parecer jovem e estúpida, mas dei todos os detalhes necessários.

Ela queria saber meu nome. "Carole Ann", falei.

"Você fez uma coisa boa, Carole Ann", disse ela.

*Moça, se você soubesse.*

---

6 Expressão que remonta ao século 19, durante a corrida do ouro nos Estados Unidos, quando a maior parte dos mineiros que tiveram êxito era de imigrantes irlandeses ou de filhos de irlandeses nascidos no país.

# 23

Diz um velho ditado que apenas os culpados dormem bem na prisão. O inocente fica acordado a noite toda, enlouquecendo, enquanto o culpado dorme como um bebê. Ele descobre que finalmente está onde deveria e pode muito bem dormir um pouco.

Robinson e eu não estávamos na prisão, claro... estávamos em um ônibus Greyhound. Mas era desconfortável, fedorento e confinado, do jeito que eu imaginava que fosse a prisão. E não fazia nem cinco minutos que estávamos no ônibus quando Robinson se inclinou, colocou a cabeça no meu colo e adormeceu.

*Culpado*, pensei. *Nós dois somos muito culpados.*

Por um momento, fiquei olhando pela janela, observando a terra plana e seca passar. Ainda não acreditava em como as coisas haviam se transformado. Algumas horas atrás, Robinson ter ficado com outra pessoa era basicamente o pior dos meus problemas. Agora? Pense em assalto, roubo de carro e quem sabe o que mais.

No momento, é claro, o que tínhamos feito fazia todo o sentido. Nós *precisávamos* fazer aquilo. Um Porsche roubado, uma arma sequestrada e, de repente, algemar e abandonar um policial pareceu uma boa ideia porque, ei, nos manteria fora do reformatório.

*Por enquanto*, pensei sombriamente.

A realidade caiu sobre mim com um peso esmagador. O que diabos tínhamos feito? Era para ser uma viagem, uma brincadeira, e estava se transformando em uma onda de crimes. O que a gente ia fazer a seguir? Roubar o dinheiro do lanche de uma criança? Assaltar um banco?

No assento à nossa frente, uma senhora idosa tricotava. Podia ouvir as agulhas dela deslizarem e baterem uma na outra. De vez em quando ela se virava e sorria para mim. No começo, sorri de volta, mas depois comecei a ficar nervosa. Seria possível ela saber de algo? Ela conseguia ler a culpa no meu rosto? Será que a polícia de Nevada empregava agentes disfarçados com idade suficiente para receber a Previdência Social?

Sacudi Robinson para acordá-lo. Ele se sentou, esfregando os olhos e me lançou um olhar mal-humorado.

"Nunca mais podemos fazer nada parecido com aquilo de novo", eu disse baixinho. "Nunca!"

Robinson passou a mão pelo cabelo despenteado e suspirou. "Eu sei, Axi. Você acha que eu queria que acontecesse aquilo? Você sabe que aquele não sou eu. Mas não podíamos deixá-lo nos impedir." Seus olhos escuros, com os cílios pesados, vasculharam meu rosto. Ele queria ter certeza de que eu sabia que ele tinha feito a única coisa que poderia fazer. "Não quero que isso acabe", disse. "Ainda não. Você quer?"

Balancei a cabeça. Eu queria continuar assim com ele para sempre, exceto que eu queria mais beijos e menos crimes. "E se nós...", comecei, mas Robinson levantou a mão.

"Não há sentido algum em qualquer 'e se'. O que está feito está feito."

"Você parece minha mãe", eu disse. "Quem, eu percebi recentemente, falava e fazia muita bobagem."

Robinson sorriu, então se virou para a frente e disse "oi" para a velha senhora, que voltou a nos olhar. "Foi uma loucura total, eu admito", ele sussurrou para mim quando ela se virou para a frente mais uma vez. “Mas acabou, está bem, Axi? Vai ficar tudo bem. Nas palavras de Irving Berlin, um dos maiores compositores de todos os tempos, de agora em diante, não há nada além de céus azuis.”

Talvez eu seja uma idiota. Na verdade, sou definitivamente uma idiota. Mas ouvi-lo dizer aquilo me fez sentir melhor.

Robinson estendeu a mão e afastou uma mecha de cabelo da minha bochecha.

“Eu nunca quero que nada de ruim aconteça com você, Axi”, ele disse calmamente. “E, embora eu ainda não tenha entrado em uma, imagino que a prisão seja ruim.”

“Você acha que é pior do que uma enfermaria de câncer pediátrico?”, disparei.

Robinson pareceu empalidecer. Então deitou a cabeça no meu colo novamente. “Eu prometo”, disse ele, “que nunca mais faremos algo assim.”

“Jura?”, eu disse, estendendo meu dedo mínimo.

Enroscamos os mindinhos.

“E, Axi?” Ele olhava para mim de baixo, os olhos grandes e profundos o suficiente para me afogar neles.

“O quê?”

“Eu sinto muito sobre Chrissy. Sinceramente, ela veio para cima de mim. Ela me pegou de surpresa. E eu não quis ser grosseiro.”

Suspirei. Robinson era o único cara no mundo que poderia dizer aquilo e realmente me fazer acreditar nele. “É, eu sei o quanto você não gosta de grosserias”, eu disse.

“Sim”, disse Robinson, fechando os olhos. A voz dele ficou sonolenta de novo. “Grosserias são tão... grosseiras...”

Sorri. E então apoiei minha cabeça na janela engordurada do ônibus e adormeci.

# 24

Descemos na estação de Alamosa e esticamos os polegares pedindo carona, tentando parecer saudáveis e inocentes. Como isso não funcionou, Robinson me disse que estava na hora de eu mostrar um pouco das minhas pernas.

"Mostre *você*", rebati. "Você é quem sempre encanta a todos." (Além disso, eu não tinha me depilado desde que saímos de casa.)

"Exceto por aquele policial", disse ele com tristeza.

Por fim, um bom velhinho em um El Camino parou. Dissemos a ele que estávamos indo para o Parque Nacional das Grandes Dunas de Areia, e ele acenou com a cabeça em aprovação e nos levou até o centro de turismo. Nem sequer aceitou dez dólares para colaborar com a gasolina.

Em vez disso, ele me deu uma nota de vinte enquanto eu pegava a mochila debaixo do assento. "Saiam para jantar esta noite", insistiu ele. "Vocês precisam de um pouco de carne nos ossos." Por um momento, ele olhou melancolicamente para as dunas de areia, brilhando douradas na base das montanhas cobertas de neve azul. "Se minha Meg estivesse viva, eu ligaria para ela e diria para ela colocar um assado no forno." Seus olhos pareceram clarear. Então ele voltou ao presente. "Cuidem-se, está bem?" Em seguida, foi embora.

Tentei me livrar do sentimento estranho e triste que sua despedida me deu. Olhei para Robinson, que acenava para mim da beira de um riacho na base das dunas.

"É como se alguém tivesse pegado um pedaço do Saara e colocado no Colorado", disse ele, quando me aproximei.

"É incrível", eu disse, tirando uma foto que sabia não fazer jus ao local. "Por que as pessoas acabam em cidades como K-Falls, quando existem lugares como este no mundo?"

"Essa é uma excelente pergunta", disse Robinson. Ele abriu os braços, como se pudesse abraçar toda a enorme vista. "A gente não deveria voltar nunca mais." Ele parecia muito satisfeito com a ideia.

Começamos a subir uma crista até o topo das dunas. Foi difícil. A areia era solta, e nossos pés afundavam nela. Eu podia ouvir Robinson respirando com dificuldade atrás de mim. À medida que nos aproximamos do topo, o vento levantou a areia e a jogou forte contra nós.

"É como uma esfoliação de corpo inteiro", disse Robinson, limpando a areia do rosto. "Tem gente que paga um bom dinheiro por isso."

"O copo está sempre meio cheio para você, não é?", perguntei. Eu teria sorrido, mas ficaria com areia nos dentes. Otimismo era uma de suas melhores qualidades.

Apesar da areia pinicando, chegamos a um local incrivelmente bonito. Nas dunas próximas, vimos algumas pessoas subindo e outras descendo no que pareciam ser pranchas de snowboard. Os gritos de alegria ecoavam no ar, que já tremeluzia com o calor.

Robinson começou a dedilhar uma guitarra imaginária: *"Even castles made of sand..."*.[7] Então ele olhou para mim um tanto envergonhado. "Jimi Hendrix."

"Eu sei", respondi. "Meu pai tem esse disco." Olhei para longe. Além das dunas, a pradaria estava cheia de flores silvestres ama-

---

7 Até castelos de areia...

relas. Segurei a câmera com o braço estendido e tirei uma foto de nós dois com os olhos semicerrados e sorrindo, no topo do mundo.

Poderíamos ter descido de volta ali, mas me virei e vi um velho trenó de plástico meio enterrado na areia. Apontei para ele, e os olhos de Robinson brilharam. "Você está pensando no que eu estou pensando?", perguntei, mas sabia que ele estava, então não esperei por sua resposta.

Subi na frente do trenó e Robinson ficou atrás de mim, com as mãos nas minhas costas. Ele começou a correr, me empurrando, e então saltou. Passou os braços em volta da minha cintura e enterrou a cabeça no meu cabelo enquanto corríamos encosta abaixo. O vento fez a areia bater no meu rosto, mas não me importei. Gritei de alegria.

Na base da duna, deitamos na areia, sem fôlego.

"Nossa", disse Robinson.

"Quem precisa de neve?", gritei, levantando os braços. "Quer ir de novo?"

Claro que ele queria.

Passamos uma hora vertiginosa e emocionante subindo e, em seguida, correndo para baixo, depois ficamos com tanto calor e cansados que mal conseguíamos nos mexer.

"Estou morrendo de sede", disse Robinson, desabando aos meus pés. "Também acho que meu nariz está frito."

"'O que torna o deserto bonito é que em algum lugar ele esconde um poço'", eu disse.

"Ahn?", Robinson perguntou, esfregando o nariz.

"É uma frase de *O pequeno príncipe*."

"Você e seus livros", ele disse, em tom de provocação.

"Não mataria você ler um."

Ele ergueu uma sobrancelha escura. "Nunca se sabe. Poderia acontecer", disse ele, e sorriu. "Então, onde fica esse poço?"

Joguei para ele uma garrafa de água que tirei da mochila, mas que voou mais alto do que eu esperava. Ele se esforçou para pegá-la, então abriu a tampa e drenou o líquido em cerca de dois segundos.

"Você tem sorte de eu ter outra para mim", eu o repreendi. "Senão, isso teria sido muito egoísta da sua parte. Muita malandragem."

Ele bufou. "Eu conheço você, Axi. Claro que você tem água extra. Agora vou fechar meus olhos. Me acorde em dez minutos." Então ele colocou uma camiseta em cima do rosto e adormeceu, ali mesmo, na base de uma duna de areia.

Nós nos limpamos da areia no riacho frio e límpido de Medano e montamos nossa barraca em um acampamento próximo. Depois do jantar (chili enlatado aquecido na fogueira), guardamos a comida e os pacotes na caixa metálica à prova de ursos na beira do acampamento.

A noite caiu de repente, como se alguém tivesse apagado o sol como uma vela. E então as estrelas explodiram no céu, mais do que eu jamais vira em minha vida. Olhei para cima, deslumbrada, e, a esta altura, quase exausta demais para falar.

Robinson também ergueu os olhos. "Tem uma coisa que eu queria dizer a você que nunca tive a chance de dizer", disse ele.

A essa altura, eu sabia que não devia ter muitas esperanças. "O que é?", perguntei.

"Você joga como uma menina."

"Você é tão idiota", eu disse, rindo. Peguei a lata de chili enxaguada e mirei. "Vou mostrar como é jogar como uma menina!"

"Estou brincando. Essas são as últimas falas do filme *Sahara*", disse. "Já que passamos o dia no deserto e tudo o mais."

Coloquei a lata de volta no chão. Eu estava cansada demais para jogar qualquer coisa, de qualquer maneira. Em vez disso, tomei um grande gole d'água. E olhei para a forma longa e esguia de Robinson através da escuridão, pensando que havia muitos tipos diferentes de sede.

Roubamos uma picape logo após o amanhecer, quando o sol nascia dourado acima das montanhas.

Não é uma loucura como eu consigo dizer isso de um jeito completamente prático?

*Bem, meritíssimo, tomamos café da manhã e roubamos uma caminhonete. Barras de granola e um Chevy, senhor, se os detalhes forem importantes para o tribunal.*

Se algum dia eu encontrar esse juiz, tenho certeza de que ele vai me perguntar: "Vocês dois achavam que eram invencíveis?". E vou encará-lo bem nos olhos. "Não, senhor", direi a ele. "Na verdade, eu achava o contrário."

O motor da nossa caminhonete emprestada era barulhento demais, e o rádio tocava apenas estações AM. "Esta coisa precisa de um novo silenciador", disse Robinson, franzindo a testa. "O coletor de escape também pode estar rachado."

"Incrível, um carro de fuga quebrado", eu disse. "E, nossa, estamos mesmo ouvindo *Elvis* neste momento?"

"*Love me tender, love me true*",[8] Robinson cantou. Então ele parou abruptamente. "Não é como se eu tivesse tempo de fazer um check-up antes de roubá-lo." Era impressão minha, ou ele pareceu um pouco... irritado? "De qualquer forma, a variedade é o tempero da vida, e podemos fazer um upgrade na próxima parada. Você se importaria de dizer ao motorista onde ela será, srta. Moore?"

Dei de ombros. A próxima parada que eu tinha planejado era Detroit, a 640 quilômetros de distância. "Sei lá. A maior bola de selos do mundo? Carhenge? O Museu Hobo?" Seguíamos para o nordeste, em direção a Nebraska, indo para a região que as pessoas das costas leste e oeste só lembram que existe quando a veem de um avião.

"Carhenge?", Robinson perguntou, parecendo interessado. "Aposto que é como Stonehenge, mas com carros."

"Nossa, dez mil pontos para você", eu disse. Ele me deu um olhar magoado. "Sinto muito", murmurei.

Eu estava irritada porque tinha passado a maior parte da noite acordada. E não era a barraca claustrofóbica ou o chão duro. Era Robinson. O que eu deveria fazer em relação a ele? Em relação a nós? Nós passamos por muitas coisas juntos, e nossa jornada teve início bem antes de a viagem começar. Não estava na hora de dizer a ele como eu me sentia (mesmo que não tivesse certeza de como descrever)?

Passei muito tempo pensando no que diria e revisando minhas falas, mas, no final, fui tão bem-sucedida quanto fora com meu bilhete de despedida para papai. Ou seja: De. Jeito. Nenhum.

Amostra: *Robinson, acho que te amei desde o primeiro momento em que te vi.* (Mas eu estava sob efeito de analgésicos naquele dia, então eu amava todo mundo.) *Quando olho para você, vejo uma versão melhor de mim mesma.* (Espere – então eu quero

8 Me ame com ternura, me ame de verdade.

me beijar?) *Não sei o que faria sem você em minha vida.* (Hum... não roubar carros?)

Era algo estúpida e irritantemente impossível. Não é de admirar que eu não tivesse escrito nada decente em eras. Eu não conseguia nem descobrir como dizer a um garoto que o amava. Que sempre que eu olhava em seus olhos, eu me sentia como se estivesse me afogando e sendo salva, tudo ao mesmo tempo. Que, se eu tivesse de escolher entre morrer amanhã ou passar o resto da minha vida sem ele, consideraria seriamente a morte iminente.

Eu estava com medo do que sentia. Mas era essa a única razão pela qual era tão difícil admitir isso para ele? Ou eu estava com medo de que ele não sentisse o mesmo? Sim, eu definitivamente estava com medo disso.

Agora, enquanto seguíamos em silêncio pela imensidão da manhã, eu queria muito deslizar para o lado dele do banco. Queria colocar minha mão em sua perna e sentir o tremor percorrê-lo em resposta. Queria dizer: *pare e me beije.*

Respirei fundo. Eu não poderia me esgueirar em direção a ele, centímetro a centímetro, covardemente. Eu simplesmente teria de ir em frente. *Tudo ou nada, Axi. Agora é a hora.*

Fechei os olhos, oferecendo uma oração aos deuses do amor jovem, Cupido, Afrodite ou Justin Bieber: *não deixe que isso seja um erro terrível.*

Quando abri os olhos novamente, vi que a caminhonete estava indo para a direita.

"Robinson?", eu disse, minha voz aumentando conforme mudávamos para o acostamento.

Robinson não respondeu, e eu olhei para ele. Seu rosto estava tão pálido que parecia quase azul. Ele começou a tossir – um som terrível, torturante e úmido que vinha profundamente de dentro dele.

Ele olhou para mim e seus olhos estavam cheios de medo.

E, de repente, ele estava vomitando.

Sangue.

"Pare a caminhonete!", eu gritei, pegando a direção.

Já estávamos no acostamento, e Robinson, de alguma forma, conseguiu pisar no freio, ainda engasgado. Carros passavam zunindo por nós, sacudindo a cabine com a velocidade.

"Ah, meu Deus, Robinson!", gritei, indo em sua direção. Eu estendia minhas mãos como se pudesse conter o sangue, como se pudesse impedir que saísse de dentro e devolvê-lo aonde pertencia.

O ar flutuou diante dos meus olhos. Eu estava chorando.

Depois de um momento terrível e interminável, Robinson parou de tossir. Ele enxugou a boca manchada de vermelho com a manga da camisa de flanela.

"Não é muito, na verdade", ele disse com a voz fraca, olhando para a camisa. "Eu estou bem agora."

Mas se tinha uma coisa que eu sabia era o seguinte: *Robinson não estava bem.*

Então, era possível que eu também não estivesse.

# Parte dois

# 26

Assim, agora, sob um céu do Colorado tão azul que feria meus olhos, tínhamos chegado à terrível verdade. A gente pode planejar a própria fuga, pode abandonar a vida e a família, e pode correr por uma rodovia de pista dupla em um carro roubado. Mas há coisas das quais nunca podemos fugir.

Coisas como o câncer. Porque ele vem junto no passeio.

Consegui chegar a um hospital depois de andar por 45 minutos na estrada em La Junta. Robinson estava deitado com a cabeça no meu colo, e eu ansiava por passar os dedos em seus cabelos e dizer que tudo ia ficar bem. Mas, como a caminhonete não tinha direção hidráulica, eu precisava das duas mãos no volante.

E eu não tinha certeza de que tudo *ficaria* bem, de jeito nenhum.

A pequena sala de espera do hospital estava gelada, iluminada com o tipo de luz fluorescente tão forte que faz as pessoas parecerem úmidas e cinzentas como peixes. Robinson estremeceu e se encostou em mim. Havia uma flor de sangue escuro em sua camiseta. Ele abotoou a camisa de flanela, constrangido. "Senão, parece que fui esfaqueado", explicou.

"Não sei se isso é ruim", eu disse. Havia outras quatro pessoas na sala de espera e, pela expressão em seus rostos, já estavam lá fazia algum tempo.

Robinson balançou a cabeça. "Eu só preciso me sentar", disse ele com uma voz rouca.

A mulher na mesa olhou para mim com cautela quando me aproximei. Talvez ela tenha visto o medo em meus olhos, ou talvez tenha pensado que eu era uma sem-teto ou uma drogada. Pude ver meu reflexo pálido no canto de um espelho, e não dava exatamente para culpá-la.

"Posso ajudar?", ela perguntou. Seu crachá dizia DEBBIE.

"Meu amigo está doente", eu disse, apontando para Robinson, que estava encolhido em uma cadeira de plástico, no canto. A cena na caminhonete se repetia direto em minha mente. Foi um pesadelo.

"O médico foi chamado", disse Debbie. Ela inspecionou meu rosto, franzindo a testa levemente. "Você precisa vê-lo também?"

"Estou absolutamente bem", eu disse, tensa, embora tivesse a sensação de que poderia desmaiar de exaustão.

Voltei para o lado de Robinson e ficamos sentados em um canto pelo que pareceram horas. Por fim, um velho com o braço engessado se inclinou e colocou a mão boa no meu joelho.

"É sábado de manhã, querida", afirmou. "A maioria dos médicos e outras pessoas estão pescando."

Mordi o lábio com força. Não tínhamos médico. E, quando tivéssemos, sabia o que significaria: exames de sangue, biópsias aspirativas com agulha fina, tomografia por emissão de pósitrons... A ideia de passar por isso de novo me deu vontade de sair correndo e me esconder.

"Bem-vindo à pequena cidade de América, Axi", disse Robinson, "onde a pista de boliche e o alojamento dos Elks têm equipes maiores do que o hospital."

"Não se preocupe, o médico está chegando", falei. "Ei, enquanto isso, podemos ver TV. Eu sei que você não tem recebido sua dose diária recentemente."

Robinson concordou com a cabeça. "Se você tivesse um Slim Jim e uma caixa de Oreos, tudo estaria perfeito."

Tentei limpar uma mancha de sangue do colarinho dele. "Você realmente precisa se alimentar melhor."

"Nossa", disse Robinson. "Estou no pronto-socorro por causa de Slim Jims de mais e TV de menos." Ele me olhou maliciosamente.

*Ah, se ao menos isso fosse verdade*, pensei. Por apenas um momento, agarrei-me a uma esperança selvagem de que o médico lhe desse uma colher de Maalox extraforte, e então poderíamos seguir a caminho do Gateway Arch em St. Louis, ou do maior novelo de barbante do mundo. Mas eu tinha visto seu sangue, do jeito que estava escuro, quase cor de café. Eu sabia que isso significava que vinha de seu trato gastrointestinal. Onde estivera o câncer.

Onde talvez ainda estivesse.

"Por que eles precisam escolher o Home Shopping Network?", Robinson perguntou.

Olhei para cima. Uma mulher com longas unhas vermelhas vendia estatuetas, sorrindo para a câmera com lábios brilhantes e dentes incrivelmente brancos. "Vamos lá. Não me diga que você não adorou aquele elefante de jade", provoquei.

Por que estávamos falando sobre porcarias feitas na China? Sobre comida processada? O elefante sobre o qual precisávamos conversar era o que estava na sala: o *sangue* de Robinson, a *doença* dele, que não era uma questão de nutrição.

Por outro lado, ignorar essa verdade foi exatamente o que nos deixou chegar tão longe. Nós não ficamos sentados nos lamentando. Nós assumimos o comando; nós *partimos*. Rimos e dirigimos rápido demais e colocamos nossa cabeça para fora da janela e mostramos o dedo do meio para o câncer. Porque entendemos que uma pessoa pode estar morta muito antes de realmente morrer. E não importava o que o futuro nos reservasse, jamais vamos querer ser esse tipo de pessoa.

Robinson piscou sonolento. "Eu meio que gosto do elefante. Acho que jade é para dar sorte. Poderíamos usar um pouco disso."

A voz dele estava carregada de sono. Seus olhos se fecharam, e ele apoiou a cabeça no meu ombro. Apertei seus dedos, ainda envoltos nos meus. Exatamente como ele disse, estávamos naquilo juntos.

"Vai ficar tudo bem", sussurrei. Mas Robinson já havia adormecido e não pôde me ouvir mentir.

A amarga ironia da minha vida foi que, dois anos depois que minha irmã, Carole Ann, morreu em uma enfermaria de oncologia pediátrica em Portland, Oregon, eu me tornei paciente na mesma ala. Reconheci todas as enfermeiras, que balançaram a cabeça em descrença. “Ambas as meninas Moore?”, elas sussurraram. “As duas?”

Se Deus, o destino ou o carma decidiram que você vai ter câncer, cruze os dedos por ser de um tipo como o meu. O linfoma de Hodgkin não é incomum, o que significa que os médicos sabem muito sobre ele e agora são muito bons em curá-lo. Esse é o copo meio cheio.

“Pois é, o copo meio cheio... de merda”, Robinson costumava dizer. Eu o vi pela primeira vez naquele lugar, e, toda vez que ele xingava, eu meio que batia no braço dele, porque não gostava disso. Mas eu gostava dele, o que tornava um pouco mais fácil estar lá.

Não me entenda mal. Mesmo um câncer altamente curável não é um passeio no parque. Sim, as paredes do hospital eram pintadas com cores bonitas, as enfermeiras usavam jalecos do ursinho Pooh e algumas das crianças mais velhas fingiam que a enfermaria era um colégio interno completo, com uniformes de vestidos azuis finos, chinelos felpudos e carecas cobertas por lenços coloridos. Mas estar lá e estar doente era uma droga.

Até o dia em que conheci Robinson. Até o dia em que ele me encontrou.

Se a vida fosse um filme, nós teríamos o que chamam de "encontro fofo". Mais ou menos assim: eu esbarraria em Robinson enquanto carregava uma pilha gigante de revistas que peguei emprestada da sala de espera. E todos aqueles semanários bons e inúteis como *Us*, *People* e *Life & Style* se espalhariam pelo chão. Eu faria uma piada sobre estudar para o meu questionário de cultura pop, e ele daria risada enquanto me ajudava a arrumar a bagunça. Quando as revistas estivessem de volta em meus braços, teríamos percebido que estávamos totalmente apaixonados um pelo outro, e a alegria e o romance seguiriam pelos próximos noventa minutos.

Na vida real, foi assim: em uma névoa narcótica de uma reação negativa a um tratamento quimioterápico, eu olhava a TV, convencida de que Barney, o dinossauro roxo, estava falando diretamente comigo. Então não consegui decifrar sua mensagem, adormeci, acordei mais tarde e vi um lindo menino de cabelos escuros sentado ao lado da minha cama. Na ocasião, eu soube que tinha morrido, porque, a menos que eu tivesse sido transportada para o céu, não havia como um cara tão gato daqueles sorrir para mim.

Mas eu não estava morta. Aquele era Robinson, e ele era real. Ele me disse: "Você está uma merda. Eu me sinto uma merda. Vamos ser amigos".

E simplesmente assim, viramos amigos. Robinson era magnético: ele era capaz de dizer que você estava horrível e você ainda o adoraria.

Robinson estava mais doente do que eu, mas não agia de acordo com isso. Ele tinha um tipo raro de linfoma não Hodgkin chamado linfoma de Burkitt. O *não* significa que é pior.

"Burkitt foi o médico que descobriu o câncer na África equatorial", Robinson me informou. "Ele é muito mais comum lá."

Ele parecia quase orgulhoso de seu câncer estranho e exótico. Então sorriu. "Burkitt também elaborou toda uma teoria sobre a postura certa para cagar. Ele dizia que se você se agachar, você sabe, como um receptor de beisebol, nunca terá câncer de cólon. Sério, ninguém é capaz de inventar uma coisa dessas."

Procurei por linfoma de Burkitt imediatamente. Para pacientes com os números de Robinson (seu câncer estava no estágio IV), a taxa de sobrevivência era de 50%.

Havia crianças na enfermaria que só precisariam amputar um pé ou remover um caroço misterioso e viveriam até os cem anos. Por que Robinson? Por que aquela doença? Mas Robinson era filosófico. Ele dizia: "Cinquenta por cento? Já vi pior."

Todos tínhamos visto.

Uma chance de cinquenta de sobrevivência era um jogo de cara ou coroa. Então, na noite depois de saber quais eram as chances dele, sentei-me em minha cama regulável de hospital, segurei uma moeda com força na palma da mão e fechei os olhos com força. "Cara, ele vive", eu disse. Eu nem mesmo sussurrei o que coroa significava. Joguei a moeda para o alto e, quando a peguei, tive de respirar profundamente por um longo tempo antes de poder olhar.

Saiu cara.

Não sei dizer quanto peso eu depositei naquela jogada de cara ou coroa. Eu acreditava nela com cada célula do meu corpo. *Nossa sorte não acabaria*. Isso era o que eu dizia a mim mesma.

Mas eram apenas palavras. Minha mãe conseguia prever a chuva pela dor surda em seu joelho. Minha cadela de quando eu era criança, Sadie, podia sentir o carteiro quando ele ainda estava a dois quarteirões de distância. Dessa forma estranha e silenciosa, eles sabiam o que estava por vir.

E, agora, eu também.

Naquele momento, na fria sala de espera, Robinson se encostou em mim. Eu podia sentir sua respiração. Imaginei que conseguia ver a pulsação fraca e preciosa de seu batimento cardíaco, vibrando sob a pele. Ele era tão lindo, tão vivo.

Mas por quanto tempo? Não precisava de um médico para me dizer o que eu já sabia. Robinson – a melhor parte de mim, meu coração, minha vida – muito possivelmente estava morrendo.

Nossa sorte não acabaria? *Por favor, Axi. Tudo acaba, no final. Tudo.*

Por fim, Robinson foi internado no hospital La Junta, e uma enfermeira nos levou a um quarto particular. Ela o ajudou a se deitar, e eu pulei na cama vazia ao lado dele.

"Você vai escrever isto?", Robinson perguntou em voz alta. "No seu diário?"

"Eu só escrevo as partes boas das nossas aventuras", respondi.

Robinson bufou. "Você não pode escrever um livro sem um conflito."

Eu disse: "Quem disse alguma coisa sobre um livro? Este é meu diário. É um caderno rosa que comprei na Walgreens por 2,99".

Robinson encolheu os ombros. "Nunca se sabe..."

Por algum motivo, isso me fez rir. "Claro, vou escrever um livro", eu disse a ele, "desde que você prometa realmente lê-lo."

Ele ergueu o dedo mínimo. "Juro."

Mas antes que eu pudesse me inclinar em direção a ele, uma voz ressoou da porta. "Então... o que temos aqui?" Olhamos para cima para ver um gigante barbudo vestindo um jaleco e olhando para nós.

Ele se apresentou como dr. Ellsworth, e nem mesmo perguntou o sobrenome de Robinson antes de lançar uma lista de perguntas. Robinson usava drogas? Álcool? Ele tinha viajado para fora do país recentemente? Ele já teve uma úlcera? Era alérgico a algum alimento? Havia comido espinafre durante o surto de *E. coli* do mês anterior?

Robinson estremeceu ao pensar em espinafre. Ele respondeu não a tudo.

Eu ainda estava surpresa com o tamanho do médico. Ele poderia ter sido um fortão de circo, mas agora estava curvado sobre o peito de Robinson, auscultando seu coração e pulmões.

Estava com o cenho franzido.

Ele apalpou a barriga de Robinson, e Robinson respirou fundo, estremecendo. Nessa hora, precisei desviar o olhar. Não suportava vê-lo sentir dor.

Depois de vários minutos, dr. Ellsworth falou. "Vou mandar que façam uma tomografia e um raio X em você. Existem... anormalidades".

Só porque eu esperava ouvir algo assim, não significa que não tenha me tirado o fôlego. Respirei fundo quando Robinson disse: "Na verdade, se para você não faz diferença, doutor, prefiro não fazer essas coisas".

"Você pode ser um jovem muito doente", disse o médico.

Robinson o observou, piscando os olhos escuros. "Posso", ele admitiu. "Mas vamos deixar por isso mesmo. Nenhuma notícia é uma boa notícia, certo? Enquanto isso, acho que estou de fato com um pouco de gripe ou coisa parecida." Ele ofereceu o melhor sorriso que conseguiu, o que, considerando a situação, foi bastante impressionante.

"Você tem uma pneumonia ambulante", disse o dr. Ellsworth. "E provavelmente pleurisia. Isso posso lhe dizer agora."

"Por favor, deixe isso ser tudo o que ele tem", sussurrei. De repente, pensei na esfera que Robinson tinha comprado para mim no Mount Shasta e a peguei do fundo da mochila. Corri os dedos sobre a superfície lisa. Era uma pedra de reflexão e um amuleto.

O médico se virou para mim. "E você?", ele perguntou. "Precisa de algum atendimento médico que gostaria de recusar?"

Balancei a cabeça. "Estou aqui apenas para dar apoio moral", disse.

O dr. Ellsworth caminhou até o lado da cama que eu peguei emprestada e tocou no meu pescoço. Seus dedos estavam frios. "Vejo a cicatriz bem aqui", disse. "É de uma queimadura de radiação, não é?"

Afastei-me do toque dele, sem dizer nada. Eu não era paciente ali e não precisava responder. Não importava o que eu havia tido. Estava bem. Em remissão.

Embora, como o amigo do meu pai Critter costumava dizer, *não é só porque está ensolarado hoje que a tempestade de merda não virá.*

O dr. Ellsworth cruzou os braços sobre o peito enorme. "O que está havendo com vocês dois?", ele perguntou. "De onde vocês vieram?"

Robinson e eu nos entreolhamos. Ele balançou a cabeça quase imperceptivelmente.

Falei por nós dois. "Não podemos dizer no momento."

Dr. Ellsworth lançou olhares penetrantes a nós dois. "Isto não é um jogo. Tenho convicção de que este jovem aqui tem uma massa em seu abdômen. Um tumor. Vocês compreendem a seriedade disso?"

Robinson tentou se sentar. "Ei, Axi. Qual é a diferença entre um médico e um advogado?"

Eu conhecia essa piada, era uma das preferidas de Robinson. E fiquei apenas meio surpresa por ele a contar naquele momento. Entrando na brincadeira, respondi: "Não sei. Qual é?".

"Um advogado vai roubar você. Um médico vai roubar e matar também."

O dr. Ellsworth fez um som com a garganta. Uma risada sufocada? Um grunhido de aborrecimento?

"Estou tentando ajudar", disse ele.

"Então traga uma TV", brincou Robinson. "De preferência com canais a cabo."

A verdade era que Robinson e eu tínhamos uma rotina definida. Nós a aperfeiçoamos nos corredores da ala de câncer de Portland. As enfermeiras nos amavam. Éramos a dupla Abbott e Costello[9] do câncer. “Ei, Robinson...”, eu disse. “Como se chama uma pessoa que fica sempre com linfoma?”

“Não sei... como?” Mas ele já estava rindo.

“Uma linfomaníaca!”, gritei.

Robinson gritou e fingiu dar um tapa na própria coxa. “Aaah, essa foi boa”, disse ele.

Dr. Ellsworth suspirou. “Se houvesse um medicamento contra humor ácido, eu o prescreveria para vocês dois.” Mas dava para ver que ele nos achava pelo menos um pouquinho engraçados.

O médico deu um passo em direção à porta. “Vou lhe dar alguns antibióticos intravenosos e incentivar que pense muito a respeito dos exames que mencionei.”

“Não gosto de exames”, disse Robinson. “Nunca vou bem neles.”

“Onde estão seus pais, meu jovem?”

Olhei para Robinson. Essa era uma pergunta cuja resposta eu também não sabia.

Robinson se virou. “Sou um adulto legal”, disse ele. “Quer conferir minha identidade?”

Dr. Ellsworth deu a Robinson mais uma longa olhada, depois balançou a cabeça e saiu da sala.

Robinson fechou os olhos. “Só vou tirar uma soneca”, ele disse. “Se você aguentar ficar sem minha companhia por um tempo.”

Eu me levantei e puxei o cobertor fino sobre ele. Não queria que ele me deixasse, nem mesmo por um minuto. “Acho que dou conta”, respondi suavemente.

Ele disse: “Você também devia fechar os olhos”.

“Não estou cansada”, eu disse, mentindo de novo. Mas sabia que não conseguiria dormir, de qualquer maneira. Precisava

9 Dupla cômica estadunidense.

vigiá-lo. Para ter certeza de que ele não começaria a tossir novamente. Para ter certeza de que o sangue ficaria dentro dele, onde deveria estar. Para ver o peito dele subir e descer, subir e descer.

Sentei-me ao lado da cama. Esperava que os antibióticos fizessem sua mágica celular invisível, e rápido. E queria que Robinson precisasse apenas – para usar sua terminologia – de um pequeno ajuste. Porque não ficaríamos para seis semanas de quimioterapia em La Junta. Isso não estava nos planos.

Poucos minutos depois, olhei para cima para ver que dr. Ellsworth havia retornado. "Vamos transferir você para um quarto diferente", disse ele. "Não quero você muito longe de um ventilador. Ou do posto de enfermagem."

Robinson olhou para mim e ofereceu um sorriso lânguido e sonolento. "Por cautela, claro", disse ele.

"Claro", repeti. "Você tem apenas uma ideia de tudo o que está acontecendo." Como se o câncer fosse contagioso, do jeito que os médicos pensavam que era. Como se não fosse mais sério do que o resfriado comum.

Não ousei olhar para o dr. Ellsworth. Já podia dizer que ele ia acrescentar *louco* à lista de diagnósticos de Robinson. E eu estava bem tranquila com isso.

Porque, até onde eu sabia, ninguém nunca morreu de loucura.

# 29

À noite, Robinson foi sedado, porque sua respiração estava difícil e dolorida. Aparentemente, era a pleurisia. Ou talvez fosse a pneumonia. Eu não queria saber. Quando eles disseram coisas como "análise do fluido peritoneal" e "baixa contagem de plaquetas", levei os dedos aos ouvidos.

Sozinha, li todas as revistas que pude encontrar: sobre golfe, pesca esportiva e boa forma na gravidez. Nenhuma trazia qualquer informação útil para mim, mas, considerando que detesto golfe, sou vegetariana e virgem, isso não chegou a ser exatamente uma surpresa.

Então vaguei pelos corredores, percebendo novamente o quanto um hospital se parece com qualquer outro. Eles têm sons parecidos (os bipes dos monitores cardíacos, o chiado das máquinas de oxigênio, o murmúrio dos visitantes). Eles servem a mesma comida (suco de uva melado e doce demais; pãezinhos encharcados e presunto rosa com aparência de plástico). Eles até têm o mesmo cheiro (odores de desinfetante, ar reciclado, corpos e o que sai deles, uma mistura que só posso descrever como *lavatório*).

Por mais terrível que fosse o hospital La Junta General, uma pequena parte de mim relaxou um pouco. Ao contrário do resto de nossa jornada pelo país, a ala do hospital era um território conhecido. Um lugar em que eu sabia navegar. E acho que estava feliz por ter um teto sobre minha cabeça novamente.

Mas, como Robinson seria o primeiro a observar, não se pode ser Bonnie e Clyde em um hospital. É um filme totalmente diferente.

"Caminhando muito?", perguntou uma das enfermeiras com um sorriso amigável quando passei pela estação pela vigésima vez.

Sorri. "Desculpe. Apenas esticando minhas pernas."

"Não se preocupe, continue assim", disse ela. "O exercício faz bem ao corpo."

Parecia que ela mesma poderia se levantar para fazer um pouco de exercício, mas estava ocupada jogando paciência no computador. Noite lenta no pronto-socorro, imagino.

Virei em um novo corredor e deparei com um conjunto de portas duplas pesadas. Empurrando-as para abri-las, me vi na antessala de uma pequena capela.

Era totalmente diferente do resto do hospital branco estéril. A parede frontal era de um vermelho profundo. Havia um altar de madeira simples com velas LED tremeluzindo ao lado. No entanto, não havia nenhuma estátua de Jesus na cruz – nem Maria, Ganesh, Buda ou L. Ron Hubbard, tampouco, ou a quem quer que as pessoas orassem por ali. Havia apenas aquele vermelho, o vermelho dos namorados, do sangue. Uma música clássica soava baixinho de alto-falantes invisíveis.

Sentei-me em um banco. Meus pais me levaram à igreja umas três vezes antes de perderem o interesse em tentar silenciar Carole Ann e eu a cada dois segundos. Agora, sendo a única ali, não sabia bem o que fazer comigo mesma. Coloquei o rosto entre as mãos. Qualquer pessoa que enfiasse a cabeça pela porta acharia que eu estava rezando.

Pensei em Carole Ann e Robinson – e em mim também. Em como todos tínhamos sido afetados por forças que pareciam aterrorizantes e sobrenaturais, mas que, na verdade, eram apenas aterrorizantes e básicas. Câncer são células anormais que se dividem sem controle e invadem outros tecidos. É simples assim. Mas sempre foi um mistério: *Por que diabos meu corpo está tentando me matar?*

Antes de entrar em remissão, eu odiava meu corpo por me trair. E, considerando que fazia tratamento de câncer ao mesmo tempo em que subitamente ganhava seios e começava a precisar raspar as pernas e colocar absorventes gigantes na calcinha... bem, parecia que meu corpo estava piorando a situação.

Ter Robinson comigo naquela jornada significou tudo. Nós conseguíamos rir do quanto éramos fracos. Fazíamos concursos para ver quem tinha as piores feridas na boca (a químio as provoca; são horríveis). Incitávamos um ao outro a comer quando comida era a última coisa que queríamos.

Nós salvamos um ao outro, Robinson e eu. Ou, pelo menos, ele me salvou.

Mas por que eu? Por que eu estava indo tão bem quando Robinson estava tão doente? Quando Carole Ann estava morta?

O que sei sobre a doença – além do medo, da incerteza e do pesadelo que ela provoca – é que ela constrói um muro entre quem está doente e quem está bem. Na enfermaria de oncologia pediátrica, Robinson e eu estávamos do mesmo lado daquele muro. Agora, eu não conseguia suportar a ideia de qualquer barreira entre nós. Eu queria sentir o que ele estava sentindo. Queria estar com ele. Para tudo.

De certa forma, sentia como se meu corpo me traísse novamente – mas, desta vez, estava me matando por me manter bem. Sabia que não era racional. Não era como se eu quisesse ter câncer de novo... o.k.?

Fiquei olhando para as luzes bruxuleantes por um longo tempo. Como nenhum sacerdote, anjo ou epifania veio responder à minha pergunta, decidi voltar para Robinson.

Ele recebia antibióticos intravenosos para a infecção no peito. Também lhe deram morfina, porque, do contrário, o remédio doía muito ao entrar.

Robinson se virou para mim e sorriu. Suas pálpebras estavam pesadas, sua pele, pálida. "Eu já disse como você é linda?", ele perguntou.

Endireitei a ponta de seu cobertor. "É a morfina falando", eu disse.

Mas ainda assim corei. E torci e rezei para que fosse realmente ele falando.

# 30

Eu estava de pé na beira do penhasco novamente, e o Robinson dos sonhos estava ao meu lado, segurando minha mão. Sabia que ele deveria me dizer algo que me tranquilizasse, mas ele estava tão calado que podia ser um fantasma.

Dei um passo à frente, prestes a mergulhar nas profundezas...

Acordei assustada.

Na escuridão, um rock suave tocava no rádio das enfermeiras, um tipo de música que Robinson gostava de dizer que era tão mortal quanto o câncer. As enfermeiras sempre riam disso.

Eu estava prestes a fechar os olhos e rolar para trás quando vi a forma ao lado da minha cama. Robinson. Ele avançou e tocou no meu ombro. Mesmo na escuridão, pude ver que ele estava de roupa, não de avental hospitalar.

"Axi?"

Eu me levantei.

"Está na hora de ir embora", ele disse baixinho.

Ele colocou minha mochila ao pé da cama em que eu estava e estendeu a mão para me ajudar a levantar. Seus dedos estavam quentes e reconfortantes, como se fosse eu a doente. Robinson sempre foi muito cuidadoso comigo. Lembrei de quando caminhava com ele pelos longos corredores do hospital de Portland, ambos tão fracos que nos arrastávamos como octogenários.

"Octo-o quê?", ele disse, na época.

"Octogenários. Pessoas na casa dos oitenta anos."

Ele riu. "Oh, eu não preciso me preocupar em viver tanto tempo."

Parei imediatamente. E aquele cara ou coroa? Não significava nada? "Do que você está falando?", perguntei na ocasião.

Robinson sorriu. "Axi, vou ser uma estrela do rock, vou ter detonado meu corpo quando chegar aos 65 anos", explicou. "Decibéis demais. Rock'n'roll demais. Você vai poder ler a meu respeito nos livros algum dia. Serei o cara destruído pela música. *Eu conheci esse cara,* você vai dizer. *Ele era legal.*"

Agora, no meio da noite, no meio do nada, toquei no ombro de Robinson. "Tem certeza de que está bem?"

Vagamente, pude vê-lo sorrir. "Acho que já vi o suficiente de La Junta", ele respondeu. "É melhor a gente seguir em frente."

# 31

Não me incomodei em pedir a ele que desviasse o olhar enquanto eu vestia umas roupas ligeiramente menos sujas. Por um lado, estava escuro, por outro, que segredos eu ainda guardava dele?

Além do fato de que eu o amava, obviamente. Mas talvez fosse hora de abandonar esse segredo também, se eu conseguisse ter coragem suficiente.

Robinson tinha ido até a janela, o rosto vagamente iluminado pelo brilho laranja das luzes do estacionamento. Já vestindo meus jeans e um suéter amarrotado, fui para o seu lado.

"Sabia que Câncer é a constelação mais obscura do zodíaco?", ele perguntou.

Quando balancei a cabeça, ele apontou para o céu escuro. "Está ali. E não se parece em nada com um caranguejo."

"Eu não sabia que você era astrônomo."

Com o canto do olho, pude ver seu sorriso. "Axi, tenho facetas que você nem pode imaginar."

Quase fiquei tonta quando ele disse isso. É possível que a gente ame alguém mais do que ama a própria vida e, mesmo assim, nunca venha a saber com certeza tudo o que essa pessoa está pensando? Eu queria (eu precisava) ver todas as facetas de Robinson que pudesse, enquanto pudesse.

"E a coisa louca?", Robinson continuou. "Todas as estrelas que a gente vê lá fora são maiores e mais brilhantes do que o Sol. Elas só parecem pequenas porque estão mais distantes." Ele ainda olhava pela janela como se uma mensagem tivesse sido escrita para ele no céu.

*A mensagem está bem aqui, Robinson,* eu queria dizer. *Olhe para mim, e eu a direi.*

Ainda assim, estava muda. Com timidez, me aproximei de lado e bati desajeitadamente nele com o quadril. Por um momento, me preocupei se o solavanco que dei nele tinha sido muito forte. Quão frágil ele estava? Mas, como ele pareceu não notar, me perguntei se deveria tentar mais uma vez. Me perguntei se deveria segurar a mão dele. Eu me perguntei se deveria agarrá-lo, jogá-lo no chão e beijar cada centímetro de seu corpo lindo e frágil.

Me aproximei de novo, e desta vez ele pareceu ter registrado a minha presença. Subitamente, estava mais ciente de mim. Ficou muito parado, com a energia parecendo ondular no ar entre nós. Prendi a respiração, e acho que ele também estava prendendo a dele.

*Agora é a hora, Axi,* pensei. *Carpe diem.*

Estendi a mão para ele e o virei para mim. "Tenho uma coisa para te dizer", sussurrei.

"Sou todo ouvidos", ele sussurrou de volta.

Ele esperou em silêncio, dando aos meus olhos tempo para examinar seu rosto: a testa alta, os olhos fundos, a boca carnuda.

Abri os lábios, mas não saiu nada. Eu era a escritora, a leitora... e agora, quando realmente precisava dizer as coisas que queria dizer pelo que parecia uma eternidade, as palavras me falhavam completamente.

"Está tudo bem", Robinson disse suavemente.

*O que está bem?,* eu poderia ter perguntado. *Nada está bem! Estamos em um hospital porque você pode estar morrendo! Quan-*

*tas outras chances terei de me acovardar antes que você vá embora de repente?*

Se eu não conseguia dizer nada, precisava fazer alguma coisa. Naquele instante. Ou talvez nunca chegasse a sentir a sensação dos lábios dele tocando os meus.

Eu não poderia viver sem isso.

E foi só isso. Passei os braços em volta do seu pescoço e cheguei com o rosto tão perto do dele que seu queixo sem barbear fez cócegas na minha pele. E então... eu o beijei.

Quando nossos lábios se encontraram, em uma onda de calor e suavidade, a eletricidade inundou meu corpo. Tive certeza de que comecei a brilhar. Que eu estava cheia de luz das estrelas.

*Finalmente*. Era por isso que eu ansiava. E da maneira como a respiração de Robinson instantaneamente se fundiu com a minha... eu senti de maneira absoluta como se ele também ansiasse por isso.

Por que diabos esperamos tanto?

Os braços de Robinson se apertaram em volta da minha cintura, e suas mãos encontraram o caminho para os meus cabelos. Ele deixou um pequeno gemido escapar da garganta, e então me beijou com força total, como se nunca tivesse ficado doente e nunca fosse ficar novamente... como se ele estivesse mais vivo do que nunca.

E eu também.

Depois de um minuto ou uma hora, nos separamos, sem fôlego. Minhas bochechas estavam queimando e todo o meu corpo parecia vibrar. Como se estivesse cantando.

No início, os olhos de Robinson pareciam tão solenes que minha respiração ficou presa na garganta. Então, como uma luz piscando na escuridão, veio o sorriso pelo que eu tanto esperava, aquele sorriso torto cheio de vida.

"Eu te amo, Axi Moore", ele sussurrou. "O que mais eu posso dizer?"

Eu balancei minha cabeça e sorri, os olhos brilhando. Eu ainda estava tão emocionada que não conseguia dizer uma palavra sequer.

Se assim era a vida sem palavras, uma vida de *fazer*, não apenas falar, talvez eu estivesse disposta a desistir delas para sempre.

# 32

Estava na hora de ir. Corremos pela escuridão, o braço de Robinson em volta dos meus ombros. Era como um abraço – como se agora que finalmente tínhamos nos tocado não conseguíssemos nos separar um do outro –, mas também era ele me usando para se manter de pé.

Eu ainda estava ardendo. Me sentia mais brilhante do que qualquer estrela.

Beijar Robinson foi como chegar ao fim do deserto e encontrar uma fonte. Foi como sentir o sol depois de anos de inverno. Foi como Natal em junho. Foi... ah, qual é, por que me preocupar com frases poéticas idiotas?

O que eu sentia era alegria.

Alegria que varreu totalmente a ansiedade de fugir de um hospital contra a recomendação médica. Minha lista de feitos rebeldes estava crescendo a cada segundo.

Na entrada do estacionamento, Robinson se inclinou e me deu outro beijo profundo. Então se afastou, sorrindo. "De repente, sinto que posso fazer qualquer coisa", disse ele.

Eu me sentia exatamente da mesma maneira. Tudo ia ficar bem. Ou até melhor do que bem. Mágico. "Apenas me diga que *qualquer coisa* não inclui pegar um carro diferente", eu disse, pressionando minha mão contra sua bochecha áspera. "Já temos empolgação suficiente."

Robinson me beijou de novo, os lábios suaves, mas urgentes. Nesse ritmo, jamais sairíamos do estacionamento. E talvez nem me importasse, contanto que isso continuasse acontecendo.

"Eu jamais abandonaria *Janete, a Caminhonete*", disse Robinson depois de um tempo. "Ele precisa ver Detroit."

Soltei uma gargalhada. Claramente, os beijos estavam bagunçando um pouco minha cabeça. "*Janete, a Caminhonete*?"

"Sim, senhora", disse Robinson. "Primo de segundo grau de Charley, a Harley."

Ele riu da própria piada e subiu na caminhonete. Ligou o motor, acelerando algumas vezes para aquecê-lo. Então, por algum motivo, deslizou para o banco do passageiro, onde eu estava prestes a me sentar.

Parei de rir. "Ahn, Robinson?", perguntei, olhando o espaço vazio atrás do volante.

Ele se apoiou no encosto de cabeça. "Sim, eu sei que disse que sentia que era capaz de fazer qualquer coisa... mas acho que provavelmente é melhor você dirigir agora."

Notei sua voz rouca de novo, e ele estava com a mão no peito, como se estivesse com dificuldade para respirar.

"Então devemos dar meia-volta e voltar para o hospital!", insisti. "Detroit ainda estará lá em alguns dias."

Robinson balançou a cabeça. "De jeito nenhum, Axi. Não tenho mais o que fazer naquele lugar."

"Mas e se o lugar ainda tem o que fazer com você?"

Ele deu um tapinha no assento. "Venha aqui, Axi. Sente-se ao meu lado."

Fui até o outro lado e subi no banco alto da caminhonete. Robinson colocou o braço em volta dos meus ombros, e eu enterrei o rosto em sua camisa de flanela. Cheirava a hospital, mas, por baixo disso, a ele. A sabonete, pinho e *garoto*.

Claro que eu queria ir embora. Eu queria ficar sozinha com Robinson novamente. Queria mais daquilo que começamos a fazer no hospital. *Muito* mais.

Mas seria um erro?

Quando Robinson falou novamente, sua voz parecia mais forte. Também parecia que ele estava lendo meus pensamentos. "Quem se importa se sair daqui é um erro? Eu cometeria esse erro novamente, um milhão de vezes", ele insistiu. "Nós estamos juntos. É isso que importa. Eu quero fazer essa viagem com você. Isso é tudo o que eu quero. É tudo o que preciso. Não vou ser irradiado, escaneado, biopsiado ou o que quer que desejem fazer comigo."

Falei voltada para a camisa, porque não queria me afastar dele, nem mesmo um único milímetro. "Mas e se for uma sentença de morte? Recusar o tratamento agora?", sussurrei.

Robinson bufou. "Um hospital é uma sentença de morte. Você pode cortar o dedo, pegar uma infecção por estafilococos e, quando se der conta, comer a grama pela raiz. Ir embora agora, Axi, é escolher a vida."

Eu podia ouvir as batidas rápidas de seu coração. "Mas e se for uma vida mais curta?"

Ele encolheu os ombros. "Bem, como Kurt Cobain disse: 'É melhor queimar de vez do que se apagar aos poucos'. Embora, na verdade, ele estivesse citando uma música de Neil Young."

Eu me sentei de repente. O que diabos eu ia fazer com aquela pessoa irritante? "Devo lembrar que Cobain usou isso em sua *nota de suicídio*?"

"Bem, você tem de admitir que ele tinha razão, BM", disse Robinson suavemente.

Fechei os olhos e respirei fundo, acalmando a mim mesma. Robinson estendeu a mão e deslizou os dedos entre os meus, tentando me tranquilizar.

E se fazer o que você quer e fazer o que é certo forem duas coisas completamente diferentes? E se, ao viver a vida que escolheu, você de alguma forma condenasse a si mesmo – ou pior, a alguém que você ama?

Depois de um minuto, abri os olhos. Não podíamos saber o futuro ou quanto tempo ele duraria. Só podíamos escolher ser felizes e estar vivos agora.

"Está bem, está bem, você venceu, Robinson", eu disse. "Mas com as seguintes condições." Levantei dois dedos. "Um: não me chame de BM, lembra? Dois: você não tem permissão para morrer. Está me ouvindo?"

Robinson sorriu e fez uma reverência. "Sim, senhora", disse ele. "De acordo. Câmbio. Et cetera."

Apertamos as mãos, como se fosse simples assim.

Então cerrei os dentes e comecei a dirigir.

# 33

Robinson adormeceu quase imediatamente. Por mim, tudo bem, porque eu precisava de foco completo e total em minha nova tarefa: pilotar uma armadilha de morte e desmembramento através do país.

Porque, para sua informação, os acidentes de carro matam muito mais crianças e adolescentes do que o câncer. Essas cruzes que a gente vê na beira da estrada, aquelas pequenas e brancas penduradas com flores de seda murchando? São para pessoas da minha idade. ("Pessoas que estavam enviando mensagens de texto", meu pai gostava de me lembrar, porque ele nunca culparia a Budweiser por nada.)

Consegui não me tornar uma estatística de rodovia naquela madrugada, mas houve... alguns problemas ocasionais. Por exemplo, entrei em um posto Texaco para abastecer, mas não sabia como operar a bomba, e Robinson estava dormindo tão profundamente que não consegui acordá-lo. Depois de implorar a um velho simpático que me ajudasse a encher o tanque, voltei para a estrada e segui na direção errada. Por quase cinquenta quilômetros.

Depois de dar meia-volta, tentei ligar o rádio baixinho. Como ele quase não funcionava, desliguei e fiquei apenas com meus pensamentos:

*Nunca soube quão grande são os Estados Unidos.*
*Onde fica a Starbucks mais próxima?*
*Por que meu pai ainda não me procurou?*

Os quilômetros passavam, monótonos, mas enervantes. No fim, comecei a falar em voz alta para me fazer companhia.

"Não me leve a mal", eu disse, embora soubesse que Robinson ainda estava na terra dos sonhos, "mas acho que nunca acreditei que chegaríamos tão longe. Tipo, meu pai não chamaria a polícia quando acordasse e descobrisse que eu tinha sumido? Ou ao menos ligaria para Critter? Esse cara é um cão de caça humano."

Critter tinha encontrado até o diamante que caíra do anel de noivado da minha mãe. Em um rio. Não que ter o diamante de volta a tenha incentivado a ficar por perto.

"Obviamente, não estou dizendo que quero ser pega. Eu quero continuar. Mas me pergunto se não tivemos sorte demais até agora. Ou há uma certa quantidade de... desinteresse da parte do meu pai em relação à localização da filha que lhe restou?"

Tomei um gole do café frio de uma parada de caminhões. Foi bom falar sobre aquilo, mesmo que – ou especialmente porque – Robinson não estivesse ouvindo.

"E aí está você", eu disse para a silhueta adormecida de Robinson. "Onde estão seus pais? Eles não estão preocupados com você? Eles têm alguma ideia de onde você está?"

Quando conheci Robinson na enfermaria de oncologia, ele ignorou todas as conversas sobre sua família. Nenhum pai de olhos tristes se sentou com ele enquanto ele fazia quimioterapia; nenhuma mãe chorosa segurou sua mão enquanto ele era bombardeado com partículas radioativas.

Ele estava, pelo que o resto de nós podia ver, 100% sozinho.

Por outro lado, ninguém era mais popular. Robinson era capaz de transformar um entregador da Domino's em seu novo melhor amigo em cinco minutos. Uma vez, ouvi duas enfermeiras conversando sobre como queriam adotá-lo. E é claro que ele podia escolher garotas, dentro ou fora da enfermaria. Ele era magnético.

De todos que estavam lá, ele escolheu a mim. Eu era sua família.

Quando recebemos alta, Robinson me seguiu até Klamath Falls. "Precisamos ficar juntos, Axi", ele disse. "Além disso, eu tenho um tio lá. Ele diz que posso morar no porão dele."

Eu não o questionei. Tudo o que me importava era não dizer adeus.

Percebia agora o quanto ele havia deixado para trás ao longo de sua vida: os pais, o tio, os médicos que queriam tratá-lo. Era como se ele tivesse fugido de todos, menos de mim.

"Eu sou o suficiente, Robinson?" Me ouvi perguntando. "Posso realmente ser tudo de que você precisa?"

Ele se mexeu em seu sono, esticando as longas pernas. Mas não acordou para responder a essa pergunta crítica.

"Eu me pergunto", continuei, "se é possível ir tão longe até que eu pare de ter medo de nunca mais voltarmos." Mordi o lábio por um tempo, depois bebi um pouco mais de café amargo. "Eu achava que tinha considerado os riscos. Que tinha tudo planejado. Mas eu não esperava que você ficasse doente."

Olhei furtivamente para ele. Seus cílios faziam uma curva escura contra a bochecha pálida, e a mão esquerda se contraiu, movendo-se em um sonho.

Havia outra coisa com a qual eu não contava. E isso foi me apaixonar, tão rápida e irrevogavelmente como se caísse de um penhasco, e perceber que amar alguém pode significar ao mesmo tempo querer esmurrá-lo e abraçá-lo, e possivelmente ter de vê-lo morrer... Eu não tinha contado com isso.

Estendi a mão e toquei na bochecha dele. "Eu amo você", sussurrei. "Por favor, fique comigo."

No sono, Robinson se virou e suspirou.

# 34

Robinson e eu ficamos de pé, com os dedos entrelaçados, olhando para as ruínas: prédios despedaçados, casas queimadas, calçadas cheias de lixo e o esqueleto de uma velha fábrica da Ford.

"Bem-vinda a Detroit", disse Robinson alegremente. Ele se sentia muito melhor hoje, e eu esperava que nossa localização não tivesse nada a ver com isso. "Motor City. Motown. Eu poderia ter ficado preso crescendo aqui, se meus pais não tivessem ido embora."

"Provavelmente era um pouco mais legal quando eles cresceram aqui, não?", comentei, o tempo todo esperando que não fosse simbólico que o primeiro lugar que Robinson e eu visitamos juntos como casal (porque era o que éramos agora, certo?) estava em ruínas.

Com a ponta da bota, Robinson lançou uma lata vazia de Red Bull no ar de verão. "Sim, provavelmente era."

Tirei uma foto de um sofá mofado com um bando de pombos empoleirados nele. À nossa esquerda, uma árvore crescia na lateral de um prédio.

"Acho que poderia ser lindo, de alguma maneira, se você gostasse de decadência romântica, ou de *steampunk*, ou desse tipo de coisa", eu disse. "Ou talvez devêssemos imaginar a cidade como o Partenon na Grécia. Um monte de grandes ruínas antigas."

Robinson balançou a cabeça pensativamente. "Aquela velha fábrica da Ford foi onde minha avó e meu avô se conheceram e se apaixonaram", disse. "Na linha de montagem." Ele gesticulou vagamente em outra direção. "E naquela direção ficava a fábrica da Chrysler, onde minha mãe e meu pai fizeram a mesma coisa."

Eu me abaixei e arranquei um dente-de-leão de uma rachadura na calçada. "Então acho que aqui costumava ser um lugar muito romântico", eu disse.

Robinson estava quieto, olhando para a desolação. Pensando, talvez, em sua família, onde quer que estivessem. Em seguida, fui pega completamente de surpresa quando ele me girou em sua direção. Ele me segurou por um momento, os braços me apertando. E então se abaixou e me beijou, longa e profundamente, até que eu senti aquele amolecimento familiar por dentro, as pernas ficando bambas. Como se caso ele não continuasse me segurando, eu pudesse me dissolver.

Quando se afastou, ele sorriu. "O que você quer dizer com *costumava ser*?"

Mantive os braços em volta da cintura dele. Queria estar o mais perto possível, pelo maior tempo possível. "Me corrijo", eu disse, olhando para ele, iluminado pelo sol, com as pontas dos cabelos escuros parecendo pegar fogo. "Duas gerações de sua família se apaixonaram aqui. Isso é incrível." Pensamento: *agora três*.

Ele assentiu com a cabeça, mas parou por aí. Estava novamente com aquela expressão distante no olhar.

"Acho que sua obsessão por carros veio naturalmente, então", eu continuei. Queria que ele continuasse falando, porque sempre foi tão calado em relação à família, sobre a qual eu não sabia quase nada.

"Meu pai sempre disse que seu primeiro bebê foi o Mustang 1967", disse Robinson.

"Então você cresceu aqui?", perguntei.

Robinson começou a assobiar aquela música de Sufjan Stevens sobre Detroit.

Eu o cutuquei nas costelas. "Sério, você não vai responder? Você me diz que me ama, mas não quer me dizer onde nasceu?" Eu ria, mas também estava um pouco ofendida.

Quando Robinson olhou para mim novamente, tinha o rosto turvo. "Eu simplesmente não tenho... contato próximo com meus pais atualmente. Fico triste em pensar neles. Então tento não pensar."

Considerando que ele já havia passado por muitas dificuldades ultimamente, decidi não insistir no assunto. "Apenas me dê uma cidade natal."

Robinson sorriu. "Você e suas palavras bonitas. *Cidade natal*. Mundo, eu pergunto: quem fala *cidade natal* além de Alexandra Jane Moore?"

Eu o cutuquei nas costelas novamente. Não havia ninguém além de pombos para responder.

"Não, eu não nasci aqui", Robinson disse finalmente. "A Chrysler transferiu a fábrica antes de eu nascer. Meus pais foram para a Carolina do Norte, e foi onde eu surgi. Meu pai trabalhou para uma empresa siderúrgica por um tempo e depois abriu sua própria oficina mecânica." Robinson começou a assobiar outra música que não reconheci, encerrando nossa conversa.

Suspirei. "Nesse ritmo, vou levar cinquenta anos para aprender sobre a sua infância."

Ele estendeu a mão e tocou minha bochecha com a ponta dos dedos. "Ah, cara de Axi, quem se importa com o passado? Temos o agora."

"Cara de Axi?", repeti. Peguei a mão dele e trouxe seus dedos aos meus lábios. Sorrindo, eu os beijei nas pontas, um após o outro.

Ele assentiu. "É novo. Gostou?"

"Vou ter que pensar um pouco antes de responder." A verdade é que eu gostaria de qualquer apelido que ele inventasse para mim. Mas não iria admitir.

Por um tempo, ficamos ali parados, em silêncio um com o outro, os dedos se tocando levemente. Observamos os pássaros voando acima e as nuvens se movendo. Pensei então que a Terra poderia estar coberta de lixo e destroços, mas sempre seria possível encontrar algo que parecesse limpo e perfeito. Talvez fosse uma metáfora para alguma coisa.

Depois de um tempo, inclinei-me para dar um beijo carinhoso em Robinson. Ele segurou meu rosto com as mãos. "Então", ele disse, "posso te pagar o jantar ou o quê?"

Sorri. "Isso faz com que seja um encontro?"

Sorrindo de volta, ele encolheu os ombros. "Depende. Vou passar da primeira base?"

"Porco", eu disse rindo. "Porco!" repeti. "Falando nisso, vamos comer."

# 35

Tocamos Motown no carro – Diana Ross, Stevie Wonder – enquanto dirigíamos para o centro. Robinson cantarolava e batia os dedos no painel, acompanhando as batidas da bateria e adicionando seus próprios floreios.

Encontramos um restaurante cheio de luzes de Natal e banquetas de veludo laranja, as paredes decoradas com instrumentos modernos e dezenas de fotos em preto e branco de Detroit em seu apogeu dos velhos tempos. Alguém tocava piano em um canto, bem alto, e o lugar estava lotado.

"Parece um misto de bar da lei seca com um TGI Friday's", eu disse, enquanto nos sentávamos.

"Ou, tipo, se Liberace fosse um gângster, e esta fosse a sala de estar dele."

"Ou é o ponto de encontro de um cafetão que gosta de jazz e antiguidades", acrescentei.

Robinson sorriu. "É incrível."

Encontramos uma mesa no canto, e o garçom se aproximou e colocou sobre a mesa dois copinhos cheios de um líquido transparente. "Moonshine húngaro", disse ele, a título de saudação. "É aniversário do Ed." Ele parecia acreditar que nós sabíamos quem era Ed. "Voltarei para anotar o pedido em um minuto."

Robinson e eu olhamos para os copos e depois um para o outro. "Devemos?", perguntei.

Ele fingiu estar decepcionado. "Eu tenho tantas identidades falsas. Realmente queria a chance de usar outra."

Erguemos nossos copos e brindamos. "Sláinte", eu disse.

*"Slan-cha?"*, disse Robinson, franzindo a testa. "Já ouvi isso antes... o que significa?"

Dei de ombros. "Não sei. É apenas um velho brinde irlandês." Mas é claro que eu sabia exatamente o que significava. Significava "saúde". Por que não era tudo o que mais importava hoje em dia?

Viramos os copos, e o líquido queimou minha garganta, me fazendo estremecer. "É este o gosto do fluido do radiador?"

Robinson estava bochechando a bebida na boca. Só depois engoliu. "Parece mais com álcool setenta, eu diria."

Agora eu sentia a bebida no estômago, me aquecendo. Seria possível eu já me sentir mais solta, quase tonta? "Engraçado como uma pequena dose faça com que eu me sinta tão rebelde, quando já sou uma ladra de carros."

"Acredito que queira dizer tomadora de empréstimo", observou Robinson.

"Porque isso vai cair muito bem com o juiz", disse eu. *"Ah, você só estava pegando emprestado aquele Porsche? Então não tem problema!"*

"Vocês não são daqui, são?"

Robinson e eu erguemos os olhos, assustados. Pessoas culpadas são nervosas, eu acho. Mas era apenas o nosso garçom, que parecia ter tomado uma ou duas doses.

"Não, senhor", disse Robinson, do jeito mais educado possível.

O garçom apontou o dedo para nós. "Bem, quando voltarem para casa, digam a seus amigos como a Grande D está indo bem. Sei que vocês foram ver as fábricas fechadas. Todo mundo faz isso. Mas não se lembrem apenas das coisas mortas.

Lembrem-se disto", ele acenou com o braço ao redor da sala alegre e barulhenta. "Lembrem-se da música e da bebida. Estamos de acordo?"

Robinson e eu assentimos juntos, e o garçom acenou de volta, satisfeito. "Volto em um minuto para o pedido."

Quando ele saiu novamente, Robinson segurou minha mão. "Ele tem razão. Você precisa se lembrar das coisas boas, Axi."

Algo na forma como ele disse isso me provocou um arrepio na espinha. Como se ele falasse sobre muito mais do que apenas Detroit. Mas sorri e apertei sua mão de qualquer maneira. "É um acordo. Palavra de escoteiro", eu disse. "Juro juradinho. Blá-blá-blá."

Robinson sorriu. "Você realmente é linda, sabia disso?", ele disse.

Olhei para a mesa, mas ele estendeu a mão e pôs um dedo sob meu queixo, inclinando meu rosto para que eu tivesse de olhar diretamente em seus olhos escuros.

"Quero dizer. Alguém deveria dizer isso para você todos os dias de sua vida. E agora posso ser eu."

"Sempre vai ser você", sussurrei.

Ele sorriu novamente.

"Venha pra cá." Dei a volta para o lado dele da cabine. E me sentei em seu colo. Isso surpreendeu a nós dois.

"Axi", disse ele, sua voz suave e gutural. Ele passou a ponta do dedo em minha clavícula. "Eu nunca pensei que você fosse do tipo que faz manifestações públicas de afeto."

Estremeci sob seu toque e pressionei a testa na dele. Quando falei, nossos lábios estavam tentadoramente próximos. "Estou aprendendo a viver perigosamente", disse.

Ele chegou ainda mais perto, então seus lábios quase roçaram os meus. "E o que você acha disso?", ele sussurrou.

Eu quase conseguia sentir o gosto dele, e me segurei por outro longo e delicioso momento antes de finalmente pressionar a boca contra a dele. Deslizando meus dedos pelo emaranhado de seus cabelos. Nós nos beijamos, e o calor inundou meu corpo.

"Eu gosto", sussurrei. "Muito."

Eu estava quase tonta. *Então é assim que a gente se sente bêbado.* Mas não era da dose que eu tinha tomado.

Estou aqui para dizer que a bebida não tem nada a ver com amor – e desejo.

# 36

"A Blue Streak, a Mean Streak e a Millennium Force", disse Robinson. "Quero ir em todas elas. Você só pode ir à Mean Streak, Axi."

Ele fingia estar com raiva de mim porque eu tinha dito que ele não poderia comer um Slim Jim antes de uma banana. *Quem é você, minha mãe?,* ele perguntou. Eu disse que não podia mais vê-lo comer coisas feitas de frango separado mecanicamente, também conhecido como pasta de carne rosada e pegajosa. Então ele me acusou de ser uma vegetariana arrogante, e eu fiz cócegas nele na cabine da caminhonete até ele implorar por misericórdia.

Agora estávamos dentro dos portões de Cedar Point, a capital mundial das montanhas-russas, localizada em Sandusky, Ohio. Robinson, o audacioso, e eu, aquela que fica enjoada em balanços de praça.

"Acho que a Junior Gemini pode ser mais a minha", eu disse.

Robinson bufou. "Axi, você fez coisas ultimamente muito mais assustadoras do que uma montanha-russa." Ele apontou o dedo para mim, imitando uma arma.

"Não me lembre disso", falei.

"E então? Vamos?", ele perguntou, estendendo o braço.

Como eu poderia recusar? Meu Malandro, meu parceiro no crime, meu coração. Ele parecia estar em perfeita saúde. E estava? Eu não sabia, mas agora era hora de aproveitar.

Ficamos na primeira fila por pelo menos uma hora, cercados por pais cansados, seus filhos hiperativos de oito anos e taciturnos de treze, e um punhado de aposentados queimados de sol aparentemente dispostos a arriscar um ataque cardíaco.

Robinson me viu mexendo com nervosismo na barra da minha camiseta. "Estou te dizendo que vai ser demais", disse ele. "Você vai adorar."

Ele estendeu a mão e acariciou meu cabelo, e então seus dedos desceram por meu pescoço, massageando suavemente, de forma reconfortante.

Quase gemi de prazer. "Qualquer coisa que você diga..." De repente, eu não estava mais pensando no passeio. Estava pensando nas mãos dele. "Apenas continue fazendo isso."

Ele riu, esfregando meus ombros agora, seu corpo longo e quente contra minhas costas. "É só disso que eu preciso?", ele perguntou. "Uma pequena massagem nas costas, e a durona Axi Moore se transforma em uma pilha trêmula de aquiescência?"

"Uh, essa é uma palavra grande para você", provoquei, tentando recuperar um pouco do atrevimento. Não foi fácil.

"Talvez bom vocabulário seja contagioso", disse.

"Mmmmmmm."

"Embora pareça que você possa estar perdendo o seu."

"Mmmmm, para baixo..."

Então Robinson me puxou contra ele, passando os braços ao meu redor, por trás. "Talvez não devêssemos nos deixar levar", disse ele no meu ouvido.

Suspirei. "Acho que não..."

"Mas você não está mais com medo, está?"

Balancei a cabeça com firmeza. Não estava.

Claro, meu coração *começou* a bater forte assim que subimos no vagão traseiro da Millennium Force, mas eu disse a mim mesma que era por causa da excitação, não do medo. Disse a mim mesma que, em comparação com todas as coisas autenticamente perigosas que tínhamos feito, como roubar carros, andar de motocicleta e invadir piscinas de outras pessoas, aquele era um passeio no parque.

Enquanto subíamos lentamente a montanha-russa, os trilhos incrivelmente tranquilos abaixo de nós, agarrei a mão de Robinson. À nossa frente, as pessoas já gritavam. Meus nós dos dedos ficaram brancos em torno dos dedos de Robinson.

"Lá vem", disse ele.

Quando parecia que o carro não poderia subir mais alto no céu impecável de verão, chegamos ao topo, paramos por um segundo silencioso e antecipatório... e então mergulhamos. *Descedescedescedesce.*

Gritei mais alto do que jamais imaginei ser possível, e ao meu lado Robinson soltou um grito selvagem de alegria. Corremos e giramos acima do parque, o vento fazendo meus olhos lacrimejarem, e o carro me chicoteando para a frente e para trás. Não parei de gritar nem por um único instante. E Robinson, ele apenas ria e ria, deixando minhas unhas cravarem meias-luas em sua pele.

Quando finalmente diminuímos a velocidade na última volta e paramos sob o toldo para desembarcar, me virei para Robinson com um sorriso enorme no rosto. "Nossa", declarei. "Eu quero fazer isso de novo."

Ele me lançou um olhar triunfante. "Eu sabia que você ia gostar. Eu te conheço melhor do que você mesma." Então estendeu a mão. "Me dê uma ajudinha aqui, sim?"

Abaixei-me e agarrei sua mão, sentindo o peso da palma dele na minha. "Obrigado", disse ele. Ele tirou minha franja do caminho e então tocou os lábios suaves e doces na minha testa.

De mãos dadas, saímos para o saguão, que estava forrado de flores, cheio de gente e com cheiro de comida frita e protetor solar.

"Vamos comprar algodão-doce", falei.

"E refrigerantes do nosso tamanho", acrescentou Robinson.

"E nachos e balas de alcaçuz", gritei, começando a pular.

Robinson riu enquanto eu o puxava atrás de mim. "Acho que a montanha-russa soltou um parafuso. Você não quer um pouco de couve ou algo assim?"

"Amanhã! Hoje vamos agir como adolescentes normais!"

Porque hoje eu realmente me sentia uma adolescente normal. Como se nada tornasse Robinson e eu diferentes de qualquer outra pessoa da nossa idade – nem doença, nem crime ou qualquer outra coisa. Estávamos despreocupados. Com sorte. Imortais.

"Eu já disse que te amo?", Robinson perguntou, me alcançando.

"Sim, mas diga de novo", eu disse, parando para me apertar contra ele.

"Eu te amo", disse ele.

"Eu também te amo", eu disse.

E então nos beijamos no meio do caminho com uma multidão de pessoas caminhando ao nosso redor e os carros da montanha-russa girando no alto.

# 37

"Então", disse Robinson, "a caminho da Big Apple?" Estávamos finalmente indo para a caminhonete, tão exaustos que parecia carregarmos um ao outro.

"Ninguém a chama de Big Apple, sabe", eu disse. "Isso é coisa de turista."

"E nós não somos turistas?", ele perguntou, levantando uma sobrancelha escura.

"Não, nós somos *aventureiros*", respondi. "Exploradores."

Robinson me entregou o chaveiro de lembrança que comprou na última loja de presentes antes da saída. Era um minúsculo modelo da Millennium Force enfiado dentro de um globo de neve. "Já que agora você é motorista e tudo", disse ele, com um sorriso torto.

"Claro, só não tenho as chaves", observei.

"Ei, se não quiser, posso enganchar na minha chave de fenda ou na minha furadeira sem fio."

Mas é claro que eu queria. Era um presente do garoto que eu amava. "Vou comprar uma coisa para você também", eu disse, sacudindo um pouco o globo de neve.

Robinson exigiu saber o que era, mas balancei a cabeça e fingi cerrar meus lábios. "É surpresa."

Enquanto subia no banco do motorista da caminhonete, peguei Robinson olhando para uma BMW preta esportiva estacionada ao nosso lado. "Nem pense nisso", eu disse. "Não consigo dirigir um carro manual."

"Vou te ensinar em seguida", disse ele. "E, depois, quadriciclos."

"E motocross", eu disse. "Por que não?" Porque tudo ia ficar bem de agora em diante. Talvez realmente tivéssemos todo o tempo do mundo.

Com Robinson como meu navegador, peguei a I-80. Tínhamos uma longa viagem pela frente, e as estradas secundárias simplesmente não dariam certo. Eu queria algo cheio de Starbucks.

"O tempo não passa mais devagar quanto mais rápido você vai?", Robinson perguntou, olhando para os campos verdes e as placas que indicavam as paradas de caminhões da Pacific Pride.

Pensei em minha aula de física, que parecia ter sido há cerca de um milhão de anos (o que isso diz sobre o tempo?). "É apenas uma questão de nanossegundos ou algo assim. O tempo passa mais devagar quanto mais perto estamos da terra, também."

"Isso me dá um excelente motivo para não praticar alpinismo."

"Como se precisasse de um", disse eu.

"Verdade. De alguma forma, a ideia de mergulhar centenas de metros até a morte nunca me atraiu." Ele brincou com o chaveiro, observando a neve cair sobre a pequena montanha-russa. "Você já pensou no que acontece depois?", ele perguntou de repente.

"Depois do quê?", perguntei, indo para a faixa de passagem.

"Depois de ganharmos as nossas asas", disse. Ele olhou para mim, esperando uma reação. Mantive os olhos na estrada. "Não brinque", eu disse.

Robinson cruzou os braços sobre o peito. "Não estou brincando. Estou perguntando."

"Depois de 'ganharmos nossas asas'..."

"Você não lembra? A enfermeira Sophie costumava dizer isso o tempo todo. Ela era totalmente sincera."

Pressionei o pedal do acelerador com mais força. Estava quase no limite de velocidade agora. "Porque ela acreditava que quando a gente morre vira anjo", eu disse. "Considerando que você acha que a gente só tira um cochilo."

Robinson deu uma risadinha. "Desculpe. Essa coisa do cochilo sempre me pega."

"Não tem graça", eu disse.

Mas a verdade é que brincávamos constantemente sobre a morte na enfermaria. Todos fazíamos isso porque, de alguma forma, nos deixava com menos medo. *Estou tããão cansado*, alguém dizia, *acho que vou dormir com os peixes*. Outro dizia: *ultimamente tenho pensado em comprar um condomínio de pinheiros*. Ou: *sim, estou planejando entrar no negócio de fertilizantes.*

Era brincar com o pássaro da morte. E tornava as coisas terríveis que a quimioterapia provocava, como náusea e queda de cabelos, um pouco menos terríveis. Mas eu achava, ou esperava, que Robinson e eu tivéssemos deixado esse tipo de coisa para trás. Que esse tipo de humor não era mais... medicamente relevante.

"Não sei, Robinson", falei, agarrada ao volante. "Eu quero achar que há algo do outro lado, mas onde estão as provas? Ninguém manda um cartão-postal da vida após a morte."

"O que é uma grande grosseria da parte deles", respondeu ele.

"Não é?" Levantei o punho. "Ouviu isso, Carole Ann? *Uma grosseria.*"

Robinson se aproximou e colocou a mão no meu joelho. "Não se preocupe", disse ele. "Vou escrever para você."

Senti como se tivesse levado um soco no estômago.

Eu queria rir, para mostrar que sabia que ele estava brincando. Mas não tinha certeza se estava.

# 38

Cruzamos a vasta extensão da Pensilvânia enquanto Robinson dormia. No escuro, parecia qualquer outro estado, e passei por ele a 120 quilômetros por hora.

Em East Orange, Nova Jersey, no meio da manhã, mandei Robinson a um Pathmark para comprar comida ("coisas saudáveis", eu disse, já esperando que ele tentasse passar Froot Loops como fruta de verdade), enquanto atravessava a rua até um lugar chamado Tudo o que Brilha é Ouro.

Graças ao meu pai, eu conhecia bem as casas de penhores. Foi assim que, por cinquenta dólares e a pulseira de pérolas e ouro da minha mãe, comprei um violão para Robinson.

"Onde você foi?", Robinson perguntou quando parei em frente ao Pathmark. Ele colocou a sacola de compras no banco de trás e fiquei chocada ao ver uma banana de verdade dentro dela.

"Só uma coisinha rápida", eu disse, tentando não sorrir ao pensar no violão escondido embaixo da barraca, atrás do banco traseiro. "Você realmente comprou frutas e legumes?"

Ele se inclinou e beijou meu pescoço. "Diga aonde você foi", ele disse, seus lábios fazendo cócegas na minha pele.

Prendi a respiração. Não! Cada vez que ele me tocava, eu sentia todo o meu corpo começar a zumbir e tremer.

"Diga", ele disse novamente, passando do meu pescoço para o lóbulo da minha orelha, a boca leve e provocante.

"Robinson", sussurrei. Eu lhe diria qualquer coisa, desistiria de todos os segredos que tive na vida, se ele continuasse fazendo isso.

Eu o puxei para mim, minha boca encontrando a dele. Antes que eu percebesse, meus dedos estavam nos botões de sua camisa. Consegui desfazer os dois primeiros, mas, de repente, ele se afastou de mim. Recuou contra a porta do carro, abotoando a camisa rapidamente.

Sentei-me ereta, piscando. Confusa. Ele não queria aquilo também?

"O que foi?" perguntei. "Por que..."

"Guardas de segurança", disse Robinson, acenando com a cabeça em direção aos caras corpulentos que percorriam de um lado a outro as filas do estacionamento.

Havia três deles – dois a apenas poucos passos de distância. Mas eles poderiam estar sentados no banco de trás, que eu não teria notado, com Robinson me tomando todos os sentidos.

"É melhor a gente ir", disse ele. "Podemos, hum, fazer mais disso mais tarde."

Minhas bochechas coraram de vergonha. "Tá bom", eu disse. Como se não quisesse gritar, *Sim, vamos!*

Robinson sorriu. "Mas, sabe o quê? Acho que quero dirigir."

Fiquei tão aliviada por ele se sentir bem, tão emocionada com agora poder beijá-lo quando quisesse – com guardas de segurança e tudo – que eu, a garota do interior Axi Moore, não surtei nem um pouco quando o horizonte de Nova York se tornou visível ao longo da rodovia, com suas colinas e vales de arranha-céus prateados. Não me importei de ficarmos no trânsito do lado de fora do túnel Holland por 45 minutos ou por Robinson se perder no caminho para o East Village.

Ele estava dirigindo. Ele estava feliz e forte. Isso fazia com que tudo ficasse bem.

# 39

Juntos, em meio a uma multidão de turistas, caminhamos pela St. Marks Place, experimentando óculos de sol baratos nas cabines externas e visitando uma loja de dois andares chamada Trash and Vaudeville, onde Robinson posou para uma foto vestindo uma jaqueta de motoqueiro de corino prata e eu experimentei uma peruca azul brilhante. Paramos na livraria St. Mark's, e eu comprei um exemplar do *Folhas de relva*, do Whitman, e um livro de poemas de Dylan Thomas.

"Poesia?" Robinson disse, parecendo horrorizado.

"Apenas leia uma", eu disse.

Robinson abriu o Whitman em uma página aleatória e pigarreou. "'Uma criança disse: o que é a relva?, trazendo um tufo em suas mãos. O que dizer a ela?... sei tanto quanto ela o que é a relva. Vai ver é a bandeira do meu estado de espírito, tecida de uma substância de esperança verde.'"[10] Ele olhou para mim, intrigado. "Está bem", disse ele, "gosto bastante disso, 'tecido de esperança verde'."

Dei risada. "Mas eu tenho algo de que você vai gostar mais." Peguei a mão dele e o conduzi rua abaixo até o carro.

---

10 O trecho reproduzido nesta nota e o da página 240 foram retirados da tradução de Geir Campos no livro *Folhas de relva*, de Walt Whitman, Ed. Civilização Brasileira, 1964.

"É a minha surpresa?", ele perguntou animadamente.

"Olhe embaixo da barraca", eu disse.

Quando Robinson puxou o violão, todo o rosto dele se iluminou. Ele o segurou nas mãos e experimentou puxar uma corda.

"Axi, como..."

"Vamos tocar", eu disse. Não queria ter de dizer a ele que havia desistido da pulseira da minha mãe (a última coisa que eu tinha dela) para comprar o violão. E que não estava nem um pouco triste com isso.

De mãos dadas, caminhamos até o Tompkins Square Park e encontramos um banco sob um anel de árvores ginkgo. Robinson dedilhou por um momento, encontrando os acordes. Eles me pareceram familiares, mas não reconheci a melodia até que ele começou a cantar.

*"Moving forward using all my breath"*,[11] Robinson cantou. A música era "I'll Melt with You".

Não falei sobre a voz de Robinson, em parte porque não consigo explicar. É limpa e rouca ao mesmo tempo; é íntima, mas também exige um público. Geralmente é suave, mas, de alguma forma, a escutamos não apenas com os ouvidos, mas com todo o corpo. E, acima de tudo, com o coração.

As pessoas que passavam começaram a parar para ouvir enquanto ele cantava. No entanto, Robinson não pareceu notá-las se reunindo gradualmente ao redor. Mantinha os olhos fixos na bota que batia nos paralelepípedos. De vez em quando, olhava para mim, bem nos meus olhos, cantando: *"I'll stop the world and melt with you..."*.[12]

Logo havia um grande círculo de pessoas, jovens, velhos e adultos. A maioria era de pais com filhos carregando coelhinhos de pelúcia ou bolas de futebol ou – os mais velhos – iPhones. E

---

11 Sigo em frente usando todo o meu fôlego.
12 Vou parar o mundo e derreter com você...

todos os pais conheciam a música, porque eles a dançaram vinte anos antes, quando estavam no colégio e se apaixonaram pela primeira vez.

No começo, alguns apenas murmuraram a letra, mas, então, baixinho, começaram a cantar. Em seguida, outros também se juntaram e deixaram de lado as expressões duras e vazias da cidade, e sorriram e, no minuto seguinte, todo mundo cantava junto. Juro por Deus, tinha gente com lágrimas nos olhos, de tanto que Robinson fica lindo quando toca.

Quando a música terminou, houve silêncio. Por um momento, senti como se a cidade inteira tivesse ficado quieta, respirando fundo. Como se todo mundo, em toda parte, estivesse pensando na vida, e em como ela é a coisa mais feliz e mais triste, a mais maravilhosa, mais terrível e mais preciosa.

Então o silêncio foi quebrado. Uma mulher com um vestido amarelo brilhante começou a aplaudir e, assim como a cantoria havia crescido, também aumentaram as palmas, até que os aplausos ficaram altos de verdade. Outra mulher estava assoando o nariz, e um homem olhava para o céu piscando muito e rápido – mas a maioria das pessoas apenas sorria.

Um velho deu um passo à frente e colocou o boné no chão. "Você se esqueceu de passar o chapéu", disse ele.

Robinson ergueu os olhos, assustado. "Perdão?", ele disse. Ainda estava no mundo da música. Ainda achava que éramos só nós ali.

O velho se parecia um pouco com Ernie. Ele se virou para a multidão e gritou: "Colaborem com o jovem artista!".

Robinson e eu observamos quase todas as pessoas avançarem com moedas e dólares. Vi uma mulher dar dinheiro à filha, e a garota se levantou na ponta dos pés e colocou uma nota de vinte no chapéu. Ela tinha mais ou menos a idade de Carole Ann quando morreu, a idade que teria para sempre. Tinha até os cabelos ruivos, como os da minha irmã.

"Obrigada", sussurrei.

Então tudo acabou, e as pessoas foram embora. Robinson e eu ficamos sozinhos novamente. O boné estava cheio de dinheiro.

Robinson sorria para mim. "Estamos ricos", disse ele, e me puxou para o seu colo.

Realmente, naquela hora, parecia que estávamos.

# 40

Decidimos fazer uma extravagância dormindo em um hostel naquela noite. Parecia uma ideia melhor do que dormir em um banco de parque, embora fôssemos ter muitas companhias interessantes se tivéssemos seguido esse caminho.

O Grand Street Hostel ficava na periferia de Little Italy, perto de Chinatown, e parecia bastante decente do lado de fora. Havia alguns mochileiros fumando na frente, e o cara na recepção foi amigável com seu jeito meio chapado.

Mas Robinson e eu rapidamente soubemos que a diferença entre um hostel e um hotel vai muito, muito além da pequena distinção na grafia. Quando o *s* é adicionado, você subtrai coisas como privacidade, conforto e, naquele caso, teto. O albergue era um labirinto de celas minúsculas de paredes finas, mal construídas dentro de uma espécie de hangar.

"Parece um pouco mais uma prisão do que eu esperava", disse Robinson.

"Nem me fale", concordei, pisando em uma bota solitária no corredor. "Fiquei com a sensação de que devíamos ter tirado as impressões digitais."

Felizmente, tínhamos nosso próprio quarto, com duas camas de solteiro empurradas uma contra a outra e cerca de quinze centímetros de espaço de cada lado.

“Bem, os lençóis parecem limpos, pelo menos”, Robinson disse alegremente. Então me deu um beijo rápido foi até o banheiro no corredor.

Sentei-me no canto da cama e olhei para o não teto. Dava para ouvir o fim de uma conversa desagradável ao celular de um quarto próximo. *Não é minha culpa você ter sido expulso,* alguém disse. *Todo mundo odeia você há anos.*

Cantarolei um pouco, tentando dar a essa pessoa um pouco de privacidade. A música era “Tangled Up in Blue”, mas não dava para reconhecer, já que não sei cantar. Eu também não sei tocar nenhum instrumento. “Tudo bem”, Robinson costumava me assegurar. “Você vai ser uma grande roadie algum dia.”

Cantarolei mais rápido e puxei a ponta do lençol. Percebi que estava nervosa, mas também animada. Robinson e eu não ficávamos sozinhos em um quarto desde Los Angeles, quando assistimos a *O Gato de Botas* totalmente castos. O que aconteceria naquela noite, me perguntei. O quanto não castos seríamos?

Essa era outra coisa que eu definitivamente não tinha planejado. Era uma estrada pela qual eu simplesmente precisava tatear o caminho.

Sem trocadilhos.

Quando Robinson voltou do banheiro, seu cabelo estava molhado e ele cheirava a sabonete. Estava com a camisa caindo nos ombros e estava usando uma cueca samba canção xadrez azul.

Colocou a calça jeans dobrada em cima da mochila. A cama fez um ruído quando ele se sentou.

“Oi”, eu meio que sussurrei.

“Oi, você”, ele disse suavemente. “E aí? O que quer fazer agora?”

Eu sabia a resposta para a pergunta, mesmo que isso meio que... me assustasse um pouco. Respirei fundo, desejando ser corajosa.

Tirei a camisa.

Robinson prendeu a respiração. E então gentilmente afastou as longas mechas de cabelo da minha nuca e me beijou. Estremeci, com arrepios subindo pelos braços.

Podia sentir sua respiração, a maciez impossível de seus lábios. Inclinei a cabeça para trás, e ele correu um dedo pelo meu pescoço, parando na cavidade da clavícula por um momento antes de assimilar cada uma delas. Ele beijou ao longo dos meus ombros, me fazendo cócegas com a leve aspereza do queixo com a barba por fazer.

Caímos de costas na cama e, sobre mim, Robinson tirou a camisa de flanela. Então, abaixou sua cabeça escura, e viramos apenas lábios, línguas e dentes até que precisamos parar para recuperar o fôlego.

Então ficamos ali, os olhos presos à meia-luz. Robinson me olhava como se olhasse para algo que perdeu há um milhão de anos e nunca imaginou encontrar.

Eu o olhava maravilhada, percebendo o quanto dele ainda havia para descobrir: a cicatriz na parte interna da palma da mão, as veias azuis em seu pulso, o triângulo de sardas no peito, logo à esquerda do esterno. Esses pequenos lugares secretos. Eu queria conhecer todos eles.

Mas eu não sabia até onde as coisas iriam esta noite. Eu queria ir devagar... e queria ir rápido.

Robinson limpou a garganta. "Você...?", ele começou.

"Eu não tenho nenhuma camisinha, se era isso que você ia perguntar." Minha voz saiu muito alta, e eu me encolhi contra ele de vergonha.

Ele fez um barulho. Um grunhido? Uma meia risada?

"Eu não quero ter filhos", soltei.

Então ele realmente riu. "Nossa, Axi. Estamos indo um pouco rápido, não é?"

Eu puxei o cobertor sobre o rosto. Aquilo tudo era novo demais para mim. Dava para evitar fazer errado?

Mesmo assim, havia algo que eu queria que ele soubesse. Obriguei-me a continuar falando, embora parte de mim estivesse prestes a morrer de humilhação. “Não achei que fôssemos fazer um bebê, Robinson. Disse isso como uma coisa filosófica. Entre os genes do câncer da família Moore e, tipo, o aquecimento global, qualquer filho meu estaria condenado. Ele nasceria com olhos azuis e uma bomba-relógio dentro dele, assim como o resto da minha família. O que eu chamo de uma mão de cartas ruim.” Tentei não parecer tão amarga quanto me sentia.

Robinson acariciava meus dedos lentamente. “Mas os olhos azuis são muito lindos”, disse ele calmamente.

Sorri e passei a mão pelo peito liso dele, que estava com o braço embaixo do meu pescoço. Deitados ali, parecíamos ser extensão um do outro. Como se nossos corpos e nossos corações precisassem estar juntos para formar uma pessoa completa e perfeita.

# 41

Na manhã seguinte, acordamos na mesma posição – por algum milagre, o braço de Robinson não ficou dormente durante a noite. Pegamos café e bagels grandes e fofos na cafeteria da esquina. Pedimos que viessem torrados e pingando manteiga, o jeito favorito de Robinson. Em seguida, pegamos o metrô até o Metropolitan Museum of Art.

Quando um mendigo atravessou o vagão do metrô vestido como se fosse inverno em vez de junho, Robinson enfiou a mão no bolso e tirou uma nota amassada de cinco dólares.

O mendigo fez uma reverência ao aceitar. "Dinheiro e uma linda mulher. Você tem tudo, senhor."

"Bem, na verdade, agora *você* está com o meu dinheiro", observou Robinson.

O mendigo considerou esse fato por um momento. "Mas quem precisa de dinheiro quando você a tem?"

"Exatamente o que eu penso", disse Robinson. Ele colocou o braço em volta de mim como se eu lhe pertencesse.

Quando chegamos ao Met, vagamos entre as enormes salas de pé-direito alto, admirando obras famosas que só tínhamos visto em reproduções minúsculas: a *Catedral de Rouen*, de Monet, o *Campo de trigo com ciprestes*, de Van Gogh, *Íris negra*, de Georgia O'Keeffe, e *Ritmo de outono*, de Jackson Pollock.

E embora eu olhasse para as obras-primas, o que continuava vendo era Robinson na noite anterior, sem camisa, deitado ao meu lado. Isso tornava difícil me concentrar. Às vezes, quando ele me olhava de determinada maneira, eu me perguntava se ele estava tendo a mesma experiência. "Uma bela mulher nua vale mais do que um milhão de estátuas." O poeta e.e. cummings escreveu isso. (Não que eu estivesse totalmente nua. Apenas... parcialmente.)

Robinson parou na frente de *Madame X*, retrato de uma bela mulher de John Singer Sargent, e balançou a cabeça maravilhado. "Com certeza não temos arte assim em Klamath Falls", disse ele.

"Não temos nem quedas d'água em Klamath Falls", respondi.

Achava que talvez parte de mim sentiria falta da minha cidade natal. Por pior que fosse, ainda era a minha cidade. Mas não sentia falta de nada, porque tudo o que realmente importava para mim ou já tinha ido embora, ou estava bem ali ao meu lado no museu, segurando minha mão.

Quando acabamos na frente da tumba egípcia – aquela diante da qual Holden Caulfield quase teve um colapso em *O apanhador no campo de centeio* –, Robinson se abaixou para limpar um arranhão da ponta da bota.

"Vou tentar não interpretar isso como um sinal", disse.

"Um sinal de quê?", perguntei bruscamente.

"Ruína", Robinson respondeu. "Tropeçar na tumba de um faraó não é pior do que, tipo, um gato preto cruzando nosso caminho? Você sabe, a maldição do Rei Tut e todas aquelas histórias..."

Deslizei a mão para o bolso de trás da calça jeans dele. "Não, Malandro, não seja bobo. Estávamos andando aleatoriamente. Nós poderíamos facilmente ter acabado no café ou algo assim."

"O que me lembra..."

"... que você está com fome."

"Exatamente." Ele se endireitou um pouco mais, e pude ver como se livrou do momento de preocupação. "Sabe o que mais eu quero?"

"Não", respondi, mas a palavra ficou presa na garganta, porque eu sabia, é claro. Só queria fazer com que ele me mostrasse a resposta.

Robinson me apoiou contra a parede e pressionou os lábios nos meus. Meus braços envolveram sua cintura, e eu me curvei contra ele. Era disso que *eu* estava com fome...

Como um grupo de crianças usando camisetas do acampamento Treetop entrou na sala, fomos para a tumba para nos beijar em segredo. Quase não nos importamos quando algumas crianças espionaram rindo e chamaram alguns amigos.

Mas nos separamos e, dando risada, saímos rapidamente.

# 42

Nosso destino final em Nova York: Nathan's Famous. Ficava em Coney Island, que não é realmente uma ilha, mas fica tão longe de Manhattan pelo trem F – que balança e é lento –, que parece um mundo totalmente distinto.

Quando finalmente chegamos, a praia era larga e plana como um estacionamento, e as ondas, pequenas e distantes. Havia muita gente, e algumas estavam nadando, o que ninguém no Oregon fazia sem roupa de mergulho. O Pacífico é *frio*.

Embora Robinson parecesse esgotado, caminhamos ao longo do calçadão, passando por carrinhos de bate-bate e um fliperama explodindo com tiros digitais. As pessoas empinavam pipas, andavam de skate, corriam e vendiam souvenirs baratos, como enormes óculos escuros de espuma e camisetas com os dizeres MANTENHA CONEY ISLAND MALUCA.

"Quer andar no Cyclone?", perguntei, apontando para a montanha-russa à distância. "Ou na roda-gigante?"

Robinson balançou a cabeça. "Vamos só pegar os cachorros-quentes."

Como ele parecia tão cansado de repente, sugeri, delicadamente, que voltássemos para o hostel. Mas Robinson não quis ouvir falar nisso.

"Preciso da minha dose diária de nitratos", disse. "Além disso, somos turistas, e é nosso trabalho agir como turistas."

Então pegamos a Surf Avenue, onde a enorme placa verde do Nathan's aparecia acima da rua. Havia uma grande área ao ar livre, com gaivotas empoleiradas perto das mesas de plástico, esperando por restos. O ar cheirava a mar, cerveja e gordura. Não tão apetitoso, em minha opinião, mas todo o comportamento de Robinson tinha mudado. Ele parecia uma criança na manhã de Natal.

"Quantos devo pedir?", ele perguntou.

"Não sei", disse, examinando o menu. "Dois?" Eu teria de pedir a salada caesar, já que aquele não era exatamente o lugar para se comprar um cachorro-quente de tofu.

Robinson zombou da quantidade. "Sonya 'Viúva Negra' Thomas comeu mais de quarenta. Diz bem ali na placa."

"Mas aquilo era um concurso de comedores de cachorro-quente", retruquei. "Nós vamos apenas fazer uma refeição."

Robinson considerou o que eu disse. "Verdade. Vou me contentar com... quatro. Um com chili, um com chucrute e dois simples."

"Você está colocando sua vida em risco", eu disse em tom de desaprovação.

"Só meu trato gastrointestinal", rebateu Robinson, e eu fiz uma careta.

Em vez de comer com o resto das pessoas, levamos nossa comida de volta para a praia e nos sentamos na areia quente e seca. Estava cheia de bitucas de cigarro e latas de cerveja meio enterradas. Mesmo assim! O mar tinha um lindo tom azul-esverdeado, o tempo estava perfeito, e nós estávamos juntos.

"Dá para acreditar que, há duas semanas, estávamos em uma praia na Califórnia?", Robinson perguntou.

"Louco", eu disse, tentando pegar um pedaço de alface mole. "Fizemos muita coisa."

Robinson balançou as sobrancelhas para mim. "Não o suficiente, se é que você me entende."

"Tarado", eu disse, cutucando-o com o dedo do pé.

Ele mordeu o segundo – ou foi o terceiro? – cachorro-quente e me cutucou de volta.

Decidi abandonar minha salada murcha e gordurosa e deitar na areia, vendo as pipas voarem e mergulharem acima de mim. Devo ter adormecido um pouco, porque, quando acordei, Robinson não estava mais ao meu lado.

Olhei em volta por um momento e, como não o vi, me levantei e comecei a caminhar em direção ao calçadão. Talvez ele tivesse saído para encontrar a Mulher Sem Cabeça ou o Insectavora, o comedor de fogo tatuado. Talvez estivesse me comprando um copinho de shot de Coney Island para combinar com meu globo de neve de Cedar Point.

Mas ele não estava fazendo nenhuma dessas coisas. Em vez disso, eu o encontrei encostado em uma cerca, tremendo.

E vomitando.

Estendi a mão para tocar em seu ombro, mas ele fez um sinal negativo. Dei um passo para trás. "Você precisa ver um médico, Robinson", implorei.

Depois de um momento, ele olhou para cima, o rosto pálido e os olhos vermelhos e lacrimejantes. "Antes de você ficar toda dramática para cima de mim", disse ele, "foram os cachorros-quentes. Não o você-sabe-o-quê."

"E como você sabe disso?", perguntei.

"Eu estou *ótimo* agora. E, na verdade, isso é totalmente incrível", disse ele, enxugando o rosto e tentando sorrir para mim. "Eu posso vencer aquela viúva negra. Basta comer e vomitar, comer e vomitar, e assim consumir um número ilimitado de cachorros-quentes."

Suspirei. "Você está doente, Robinson. De muitas maneiras."

"Mas você me ama", disse ele, pegando minhas mãos.

"Sim", eu disse. *Muito.*

Robinson adormeceu no trem de volta, e eu praticamente tive de carregá-lo até nossa cela no hostel. Ele parecia febril, mas eu disse a mim mesma que era apenas uma insolação. Excesso de vento. O que quer que fosse, desde que não fosse outra infecção.

Fiquei sentada por um longo tempo, ouvindo os sons da cidade ao redor, mas sobretudo apenas observando-o dormir. Ele estava com as bochechas menos cheias? Os olhos mais profundos, mais fundos? Podia estar acontecendo tão lentamente, tão sutilmente, que eu não fora capaz de ver...

Deitei-me ao lado de Robinson e enrolei o corpo ao redor dele, lembrando como tinha me recusado em Las Vegas a lhe contar uma história para dormir. Pressionei o rosto contra seu coração e jurei que nunca lhe diria não novamente.

# 43

"Precisamos ir para a Filadélfia", anunciou Robinson.

"Precisamos?"

Ele assentiu. "Não estou dizendo que esta viagem seja uma lista de últimos desejos ou algo assim, mas é extremamente importante que eu coma um cheesesteak Philly."

Entreguei a chave do nosso quarto ao balconista chapado da recepção e saímos para o sol. "Diga que você está brincando", eu disse, pensando *ele não consegue segurar um cachorro-quente, então por que diabos está falando em sanduíches de bife com queijo?*

Robinson balançou a cabeça. "Hoje eu quero fazer tudo, Axi. Todas as coisas idiotas que conseguir imaginar."

Coloquei a mão em sua cintura, deslizei os dedos sob a barra da camisa dele para sentir sua pele. Podia senti-lo estremecer ao meu toque. "Ao contrário de ontem ou anteontem, quando você foi um bom menino e fez apenas o que os outros lhe disseram para fazer?"

Ele riu e passou os braços em volta de mim. "Certo, você tem razão."

Não queria estragar o clima, mas precisava dizer o que estava pensando. "Nós nos divertimos muito, e definitivamente podemos continuar nos divertindo. Mas acho que você deveria consultar um médico, só para ter certeza."

Robinson balançou a cabeça novamente, desta vez com mais ênfase. "Não posso fazer isso, Axímoro. Tenho lugares aonde ir, pessoas para ver..."

Olhei para ele com cuidado, pesando sua teimosia contra a minha. Se eu lutasse muito agora, talvez pudesse convencê-lo. Apenas um exame, eu diria, uma auscultada rápida dos pulmões e coração, talvez um raio X e exame de seus níveis de colesterol. Eu ficaria sentada na sala de espera, olhando revistas velhas e esperando por boas notícias.

Porque talvez funcionasse. Quem disse que não?

Por outro lado, se Robinson fosse para o hospital, ele ficaria ressentido comigo por isso. Intensamente e bem possível que eternamente.

*De quem é a viagem, Axi?,* me perguntei. *Sua? Ou dele?* Porque, no final, alguém precisaria tomar a decisão.

"Fica a menos de duas horas", disse Robinson, interrompendo meus pensamentos. "Não é como se eu te pedisse para me levar a Daytona."

"Você não vai fazer isso depois, vai?"

"Não, senhora. Palavra de escoteiro."

Suspirei. "Está bem", eu disse. "Você ganhou."

Ele sorriu seu lindo sorriso. "Adoro quando você revira os olhos assim", disse ele. "É adorável."

"Ah, pare com isso."

"E quando você meio que enruga o nariz, como se cheirasse algo esquisito, mas na verdade você está tentando decidir se ri ou se fica irritada."

"Ah, *sério*? O que mais você ama em mim?" Eu estava irritada, mas era comigo mesma, e não com Robinson. Ou não irritada, exatamente, era mais... com medo.

Estávamos no carro agora, e eu subia no banco do motorista. "Vamos ver", eu disse. Saí para a rua e segui para o túnel Holland. Quase dava para pensar que eu tinha carteira de motorista.

"Bem, tudo", disse Robinson. "Mas, especificamente? A lista é meio longa."

"Você é um bajulador", eu disse.

Robinson não disse nada por um tempo depois disso. Na verdade, estávamos do outro lado do rio quando ele voltou a falar, e cheguei a pensar que ele tivesse adormecido.

"Adoro como você toca a ponta do nariz quando está pensando muito sobre alguma coisa", disse ele, virando-se para fixar o olhar em mim. "Amo como você coloca o cabelo atrás das orelhas, mas ele sempre cai de volta imediatamente. Amo seus olhos e seus lábios perfeitos. Adoro que o seu esmalte, quando você se dá ao trabalho de usar, esteja sempre lascado. Eu amo como você usa palavras bonitas que eu preciso pesquisar em casa. Adoro a pequena marca de nascença em forma de lua crescente que você tem na ponta do dedinho esquerdo. Eu amo o jeito..."

Não precisei ouvir mais nada. Precisava beijá-lo. Então, parei no acostamento e ali, com o horizonte de Nova York atrás de nós, eu o beijei.

"Vai demorar muito mais para chegar à Filadélfia assim", disse Robinson, falando, beijando e sorrindo ao mesmo tempo.

"Temos tempo", disse eu. "Temos muito tempo."

# 44

"E então, Malandro, você quer ir ao Pat's King of Steaks ou ao Geno's Steaks?", perguntei, acordando Robinson com um cutucão – gentilmente, é claro. Chegamos à Filadélfia em menos de duas horas, e agora eu estava estacionada entre as duas instituições de cheesesteak, que ficavam a uma quadra de distância uma da outra, como capitães de times opostos.

Robinson bocejou e se espreguiçou. "Sabe", disse ele, franzindo a testa ligeiramente, "na verdade, não estou com tanta fome agora." Por um momento, ele colocou a mão sobre o estômago – um tipo de gesto estranho para ele. "Eu queria mesmo era uma boa bebida quente."

Olhei para ele bruscamente. Fazia 26 graus lá fora, e eu estava suando contra o assento da caminhonete. "Você não está com frio, está?"

Sentir frio significava que Robinson poderia estar com febre; e se ele tivesse febre, significava que poderia estar com uma infecção; e se tivesse uma infecção, precisava ir ao hospital. Ponto. Porque infecções em pessoas que os médicos gostam de chamar de imunocomprometidas – uma pessoa como Robinson, que fez quimioterapia em altas doses, radioterapia e um transplante de células-tronco – podem ser fatais.

Estendi o braço para sentir sua testa, mas ele afastou minha mão. "Não!", disse ele, um pouco alto demais. "Só pensei que um pouco de chá seria bom. Então vamos pegar o cheesesteak."

Ele saiu da caminhonete e começou a andar. Fiquei onde estava, olhando para ele pelo para-brisa, me sentindo furiosa e preocupada. O que eu deveria fazer? Arrastá-lo para o pronto--socorro para que medissem sua temperatura? Ele não deixaria.

Então desci e o alcancei – facilmente, porque ele andava como um velho. Como se cada passo exigisse concentração e esforço.

"Um pouco de cafeína e pronto", disse ele, apontando para uma cafeteria no final do quarteirão.

*Por favor, esteja certo sobre isso,* pensei. Peguei a mão dele.

No café, encontramos uma mesa junto à janela e afundamos nas poltronas gastas, mas confortáveis. Então, um cara que parecia um vendedor irrompeu e se apoderou da mesa ao lado, falando ao celular e ao mesmo tempo acenando para a garçonete, como se fosse uma questão de vida ou morte que ele fosse atendido antes de nós. "... os QR Codes vão aumentar a taxa de conversão de seu funil de vendas...", ele estava dizendo. Quando a garçonete passou, ele gritou: "Earl Grey grande com leite de soja à parte e açúcar mascavo, *dois torrões*".

Robinson o encarou por um momento. "Esta é a Cidade do Amor Fraterno, idiota", murmurou. Então, descansou a cabeça na mesa. "Cara. Não sei por que estou tão cansado."

Eu queria gritar: *Porque você tem câncer?*

Em vez disso, estendi a mão e passei os dedos em seus cabelos escuros e espessos. Quase esquecera como ele era sem eles. Demorou um pouco para voltar a crescer depois da quimio, mas, quando cresceu, ele deixou ficar mais comprido.

"Isso é bom", disse ele, com a voz abafada.

Respirei fundo, me preparando para o que tinha a dizer. "Robinson, precisamos levar você de volta a um hospital. Na verdade, para o nosso hospital. Vou usar meu cartão de crédito, e vamos para casa de avião. Podemos chegar lá em dez horas."

"Não gosto de aviões", disse Robinson para o tampo da mesa.

"Você precisa ver a dra. Suzuki. Agora. Ela saberá o que fazer."

"Toda vez que ouço o nome dela, penso nas aulas de violino. Você já ouviu falar do método Suzuki de ensino de música?"

"*Não* mude de assunto."

Robinson ergueu a cabeça da mesa. Seus olhos cansados encontraram os meus. "Você diz que ela saberá o que fazer. Mas e se não houver nada a ser feito?"

"Há sempre algo a ser feito", eu disse, minha voz aumentando. Não gostei nem um pouco desse novo tom fatalista dele.

"Você planejou tudo tão perfeitamente, Axi. Por favor, não pire agora."

Peguei as mãos dele e agarrei com força. "Mas quando isso acaba, Robinson? Não podemos correr assim para sempre."

"Não vamos fazer isso", ele me garantiu. "Só temos mais uma parada a fazer. É a última."

"Uma última parada?", perguntei. "Onde vai ser? Por favor, não diga que você quer ir para Nova Orleans comer jambalaia ou coisa parecida."

Ele riu e apertou meus dedos. "Não. Meu estômago não está mais ditando nossas viagens. Mas é... bem, fica a alguns estados de distância."

"Alguns *estados*?", repeti. Eu duvidava que Janete, a Caminhonete chegasse tão longe.

Perto de nós, o vendedor começou a gritar. "Não, Ed, o objetivo é encurtar o tempo que leva o *provável comprador* a se tornar o *proprietário do produto!*"

Robinson e eu olhamos para ele agora. Ele pegou uma mesa que poderia acomodar seis pessoas e agia como se fosse sua mesa de trabalho. Espalhados por ele estavam um iPad, um celular, um fichário de couro, um exemplar do *Philadelphia Inquirer*, chaves do carro...

*As chaves do carro.*

Foi então que tive uma ideia que teria chocado a velha Axi Moore nas profundezas de sua alma. Que bom que ela não existia mais.

"Axi?", Robinson disse, acenando com a mão na frente do meu rosto. "Você não vai me encher por não ter contado para onde eu quero ir?"

"Vou", eu disse distraidamente. "Mais tarde." Eu estava olhando para o vendedor. *Levante,* pensei. *Levante.*

"Os números não batem, Ed", ele berrou.

E então, como se o que eu tinha acabado de imaginar estivesse totalmente destinado a acontecer, o vendedor se levantou. Ainda gritando no fone bluetooth, ele foi em direção aos banheiros.

Eu me levantei e atirei uma nota de cinco sobre a mesa. "Encontre-me na esquina sudeste do quarteirão", eu disse, e estava fora da porta antes mesmo de Robinson abrir a boca para me perguntar por quê.

Do lado de fora, meio que corri rua abaixo, apertando o botão de trava automática no chaveiro e esperando o piscar dos faróis em resposta. Seria o Acura azul? O Toyota prata? Tinha um propósito tão poderoso que mal percebi o coração disparado. Estava cuidando do Robinson. Se ele precisava ir a algum lugar, eu cuidaria para que sua jornada ocorresse em um veículo confiável.

Atravessei a rua para o quarteirão seguinte e me aproximava do terceiro sem um único barulho de carro. Senti a pulsação acelerar e minha cabeça começou a doer.

Eu estava roubando um carro.

Em plena luz do dia.

O medo começou a superar meu propósito. Comecei a correr mais rápido. *Onde você está? Pisque as luzes*, sussurrei, como se tivesse poderes mágicos ou algo assim. Ou sorte fenomenal. Não importava qual.

Finalmente, quando estava prestes a desistir, ouvi o som de uma buzina respondendo ao teclado remoto. Me virei em direção ao som e arfei. Era um Mustang GT azul-profundo. Um conversível.

Comecei a gargalhar como uma louca. Robinson ia pirar.

Com extrema facilidade, abri a porta do motorista e entrei. Os assentos eram de couro bege, e o interior brilhava como se aquele vendedor o lustrasse todas as manhãs. Ele ia perder seu transporte. Fui tomada por uma onda de remorso, mas a afastei.

O Mustang praticamente saltou para a rua. Parei ao lado da caminhonete e rapidamente joguei nossas malas para dentro; ao mesmo tempo chamei Robinson, que estava encostado em um poste de telefone como se ficar de pé sozinho fosse muito trabalhoso. "Depressa, o ônibus está saindo."

Ele caminhou em minha direção e seus olhos se arregalaram. "O quê..."

"Apenas entre."

Ele levou mais um segundo para entender o que eu estava dizendo. Mas então deslizou ao meu lado, e eu liguei o motor.

E nós fomos embora.

"Como... o que... eu não...", Robinson gaguejou. "Eu estou..."

"Chaves, Clyde", eu disse, fingindo total indiferença. "São muito mais simples do que uma furadeira sem fio."

"Eu simplesmente não..." Ele não conseguia nem terminar uma frase.

"Peguei emprestado do cara barulhento da cafeteria."

Os olhos de Robinson se arregalaram ainda mais enquanto ele olhava ao redor do carro. Passou a mão no painel. "Quatro ponto seis litros V-8 com 315 cavalos de potência e 440 newton-metros de torque. Músculo puro de fabricação americana. Esta coisa é um animal, Axi." Ele se virou para sorrir para mim. "Bem quando eu pensei que não poderia amá-la mais."

Ele começou a rir – uma risada forte como eu não ouvia fazia dias. "Sério, *graças a Deus*", ele finalmente disse, ofegante. "Por um minuto, eu realmente pensei que tinha morrido e ido para o céu."

# 45

Robinson me disse para dirigir em direção ao sul, e eu obedeci. Pela primeira vez, sem perguntas. Faria qualquer coisa que ele me pedisse e, eu tinha que admitir, o Mustang era um grande avanço em relação à caminhonete. Tinha direção hidráulica, ar-condicionado e, de acordo com Robinson, "um sistema de alto-falantes Bose do mercado de reposição que custa mais do que um Kia novo". Apenas consumia os quilômetros.

Agora, Robinson olhava sonolento pela janela, vendo o mundo passar do jeito que eu costumava fazer. "Você notou", ele disse uma hora, "como todo o país segue, tipo, um padrão? É cidade, depois expansão suburbana, depois fazendas. E então cidade, expansão suburbana, terras agrícolas de novo..."

"E a gente nunca está a mais de oitenta quilômetros de um McDonald's", brinquei.

"É um alívio", respondeu ele.

Mais tarde naquela noite, depois de passar acelerando por Delaware, Maryland e metade da Virgínia, estacionei em uma parada de descanso no meio das montanhas Blue Ridge. No crepúsculo úmido, estendi nossos sacos de dormir perto da borda das árvores. Não me incomodei com a barraca, porque não queria chamar atenção para nós. Na estranha lógica do sistema de áreas de descanso interestadual, dormir é bom, mas acampar, não. E, embora acampar em uma área de descanso estivesse bem no final da minha lista de crimes e contravenções, não vi razão para ser acordada por um policial batendo com a lanterna no mastro da nossa barraca.

Estendi o Slim Jim que comprei para Robinson no último posto de gasolina, mas ele balançou a cabeça. "Aquele McFish que comi no jantar está parecendo uma bola de chumbo no meu estômago", resmungou. "Acho que vou ter que dormir para digerir."

"Falei para você pedir a salada", eu disse. "Estava boa."

Ele bufou. "Comer uma salada no McDonald's é como entrar na Car Toys e sair com um apontador de lápis." Ele deslizou para dentro do saco de dormir, sem se preocupar em tirar nada além do cinto da calça jeans.

"Bem, eu estou me sentindo bem", eu disse, meio que bufando.

"Bem, *você* não tem câncer", ele rebateu.

Respirei fundo e prendi o ar. No silêncio que se seguiu, ouvi o cricrilar dos grilos e as ondas de carros passando na estrada. Se fechasse os olhos, dava pra imaginar que era o som do mar.

Senti Robinson pegando minha mão. "Sinto muito", ele sussurrou. "Eu não deveria ter dito isso."

Eu me virei para ele, as lágrimas agora molhando meu rosto. "O quê? A gente deve simplesmente fingir que está tudo bem? Deve simplesmente acreditar no que quer acreditar? É isso que a gente deve fazer, Robinson?"

Ele ficou quieto por um momento, a testa franzida em concentração. "Não sei o que devemos fazer", disse ele, suavemente. "Acordar e dirigir um pouco mais amanhã. Tentar rir. Nos amarmos. Quer dizer, o que mais tem para fazer?"

"Eu estou com medo", sussurrei.

"Não há nada a temer, Axi." Ele levou minha mão aos lábios e a beijou, bem no meio da palma.

"Mais uma vez, é nisso que queremos acreditar? Eu apenas sinto que estamos cambaleando agora, esperando pelo melhor. Quer dizer, para onde vamos? E onde está o roteiro? O metafórico, quero dizer, as direções. LEGO vem com instruções. Tatuagens temporárias vêm com instruções. Uma vez, eu vi uma página inteira da internet dedicada a como pedir café na Starbucks!"

"Sério?"

"Sim! O primeiro passo é 'Decida o que deseja pedir antes de sua vez na fila'. Eu fiquei tipo, 'ah, sério? Nossa! Muito obrigada! Eu jamais teria pensado nisso.'"

Robinson agora ria. Fiquei feliz por tê-lo animado, mas não estava me sentindo melhor. "Onde estão as orientações para as grandes coisas? Porque eu as quero", gritei. "Quais são as instruções para, sei lá, a *vida*?"

A risada de Robinson desapareceu lentamente. "Axi, se tivéssemos essas orientações, não seria vida. Seria uma tarefa. Trabalho pesado. Não saber é parte importante do negócio."

Eu sabia que ele tinha razão, mas não gostava disso. Suspirando, cheguei o mais perto possível dele, mas os zíperes de nossos sacos de dormir nos mantiveram separados.

"'Uma vez que as leis da matemática se referem à realidade, elas não são certas; e, até onde elas são certas, não se referem à realidade'", eu disse.

"Ahn?", fez Robinson.

"Einstein", eu disse. "O sr. Fox tinha isso escrito no topo de seu quadro-negro."

"Gostei", disse Robinson.

"Bem, eu quero certezas", eu disse.

Senti que Robinson e eu estávamos presos entre dois mundos diferentes. Era o mundo em que vivíamos – um mundo de liberdade, beleza e, *está bem*, sim, totalmente maravilhoso e de terrível irresponsabilidade – e o mundo mais sombrio e mais triste onde sentia que estávamos prestes a entrar. Eu queria saber como navegar por ele.

Robinson inclinou a cabeça para mais perto da minha. "Você pode colocar isso na sua lista de Natal."

Eu me afastei. "Não me trate com condescendência. Eu nem sei para onde estamos indo."

Robinson deitou-se de costas e olhou para o céu. Estava de um azul profundo e aveludado, e pequenas pontinhas de estrelas apareciam, mais e mais a cada minuto. "Aqui está a certeza", disse. "Eu te amo, Axi Moore. E nunca deixarei de te amar, pelo resto da minha vida."

As lágrimas voltaram, e não me incomodei em enxugá-las. "Eu também te amo", sussurrei. "Para o resto da minha vida."

Nós nos beijamos, envolvendo nossos braços um no outro e segurando firme. E então, exaustos, nos despedimos e fechamos os olhos para dormir.

Deitada ali na noite de verão, era quase como se eu pudesse sentir a terra se movendo abaixo de nós, girando em seu eixo. E, enquanto ouvia os grilos cricrilando, me perguntei se o resto da minha vida e o resto da vida de Robinson significavam dois períodos de tempo totalmente diferentes.

*Como sabemos alguma coisa com certeza?*, pensei. Mas eu já sabia a resposta para isso. *Não sabemos.*

Finalmente, adormeci. No meio da noite, Robinson e eu rolamos um na direção do outro, cruzando os braços. A noite também pareceu nos envolver em um grande, suave e escuro abraço.

A voz de Robinson estava baixa e grogue. "Talvez devêssemos nos casar", disse ele.

Não consegui falar. Meu coração estava cheio demais. De alegria e surpresa – e futilidade também, porque não deixam a gente fazer isso aos dezesseis anos. Coloquei a cabeça em seu peito, desejando poder me fundir com ele completamente. O melhor que pude fazer foi sincronizar nossas respirações longas e constantes. Em um instante, percebi que ele dormia novamente.

Era possível que ele não estivesse realmente acordado em primeiro lugar.

# 46

No início da tarde, em algum lugar da Carolina do Norte, pegamos uma saída da rodovia e acabamos em um parque, perto da margem de um pequeno lago.

"Vamos parar um pouco", disse Robinson. "Eu gosto deste lugar."

Rodeado por árvores e colinas, o lago era calmo, refletindo o céu azul de volta. Abaixei a janela e respirei o cheiro de ar puro de pinho. "É bonito aqui", concordei.

Saímos do Mustang e caminhamos em direção à beira da água cintilante. Robinson se abaixou, escolheu uma pedra lisa e ela saltou na superfície – uma, duas, três vezes.

Ele bufou. "Terrível. Eu costumava fazer doze."

Fiquei ao lado dele e envolvi o braço em sua cintura. Era tão bom estar fora da estrada – sentir os músculos relaxando, o pé do acelerador relaxando lentamente. "Talvez devêssemos alugar um pedalinho ou algo assim. Dar um tempo. Pegar a estrada um pouco mais tarde."

Era como se ele nem tivesse me ouvido. "Eu adorava vir aqui", disse ele.

"O quê?"

Seus olhos varreram o lago, mas ele parecia estar vendo alguma outra coisa. Ou em outra hora. "Costumávamos construir umas jangadas malucas e rebocá-las em carroções. Então víamos quantas crianças conseguíamos empilhar nelas antes que afundassem. Tínhamos problemas, porque é preciso uma licença para se ter um barco. E nós sempre argumentávamos que não era um barco, mas uma jangada feita por crianças de nove anos com caixotes e grandes pedaços de isopor."

"Espere um pouco", eu disse, tirando o braço da cintura dele e dando um passo para trás. "Você está falando sobre *este* lago?"

"Claro", disse Robinson. "Eu nasci a cinco quilômetros daqui."

Antes que eu pudesse me conter, eu o empurrei e ele tropeçou um pouco. "Sinto muito", eu disse, agarrando sua mão. "Mas, espere. Você me trouxe... para casa?"

"Queria que você conhecesse os meus pais", disse Robinson, como se fosse a coisa mais simples e menos surpreendente do mundo.

Fiquei totalmente pasma. Eu nem sabia onde estávamos, na verdade, e agora estava prestes a conhecer os pais de Robinson, que até então eram tão reais para mim quanto um casal de unicórnios.

"Bem-vinda a Asheville, Carolina do Norte", disse Robinson, apontando para as árvores e os caminhos e as trilhas de caminhada ao nosso redor. "Antiga central de tuberculose e agora conhecida como a Paris do Sul, ou, para os escritores da *Rolling Stone*, a Nova Capital Freak dos Estados Unidos."

Balancei a cabeça em descrença. Eu não sabia se devia beijá-lo ou chutá-lo. "Você espera até agora para me dizer?"

Ele sorriu. "O cara tem que surpreender a garota de vez em quando", disse. "É romântico assim. Agora vamos ver os pontos turísticos, como eles são."

E durante a hora seguinte ele me mostrou sua cidade natal. Eu vi a loja onde ele comprou seu primeiro violão, a árvore da qual ele caiu e quebrou o braço, a escola primária onde ele começou um clube de rock'n'roll ("ficou enorme, embora alguns caras supervelhos tenham protestado, dizendo que o rock'n'roll era 'a música do diabo'", disse Robinson com orgulho).

Nada era particularmente especial – e, no entanto, tudo era extraordinário, porque fazia parte da infância anteriormente secreta de Robinson. Eu queria parar em cada esquina, espiar em cada janela. Queria parar estranhos e pedir-lhes que me contassem uma história sobre Robinson. Ele abriu a porta para seu passado, e eu queria entrar direto por ela.

Robinson tocou meu braço, chamando minha atenção para uma drogaria imprensada entre um café e uma loja de cristais. "Olhe ali", disse ele. "Tem até um lugar como o Ernie's. Mas o café é ainda pior. Parece ácido de bateria. Juro que uma vez fez um buraco na minha calça jeans." Ele balançou a cabeça com a lembrança. "Claro, pode ter sido ácido de bateria de verdade. Eu certamente passava bastante tempo na loja do meu pai."

"A loja dele?", perguntei.

"Ele é dono de uma oficina mecânica. Mecânica Robinson."

"Nossa, ele deu o seu nome?"

Robinson encolheu os ombros evasivamente. "Mais ou menos."

"O que você quer dizer com mais ou menos? Quem mais seria... a família suíça Robinson? Jackie Robinson? Robinson Crusoé? Smokey Rob..."

"Ei, está vendo isto?", ele me interrompeu. "Este foi o poste em que meu irmão bateu seu Cheemer personalizado."

"Cheemer?", repeti. "Eu não sei o que é um Cheemer." Claramente, a conversa sobre o nome da oficina não iria a lugar algum.

"Um Chevrolet com motor BMW", explicou Robinson. "Você sabe, Chevy mais Beemer? Jay Leno tem um."

"Ah", eu disse, desejando que aqueles nomes significassem alguma coisa para mim. "Então, é tipo um mash-up automotivo."

Ele riu. "Exatamente. É a versão do carro daquela coisa do Eazy-E com o Johnny Cash, 'Folsom Prison Gangstaz'. *I got beat for the street, Ta pump in ya jeep...*[13]"

---

13 Tenho a batida das ruas / Pra bombar no seu Jeep

"Acho que é melhor você parar", eu disse. "Aquele cara ali está olhando para você de um jeito engraçado."

"Como se eu me importasse", respondeu Robinson, mas parou mesmo assim. Ele parecia cansado novamente. "Siga por ali, que tal?" Ele apontou vagamente para o leste, e foi assim que vi a Casa Biltmore, um enorme castelo da Era Dourada construído por um Vanderbilt cujo nome Robinson não conseguia lembrar. Parecia um castelo de conto de fadas, um lugar onde Cinderela viveria feliz para sempre com seu príncipe.

Onde estava meu feliz para sempre, eu queria saber. Por que aquela garota boba conseguiu um, quando minhas chances eram tão pequenas?

Sem pensar, parei no acostamento. Olhei para Robinson como se fosse fazer essas perguntas a ele.

"Ah, isso é perfeito", disse ele. "Este é um lugar muito especial."

Olhei em volta. Estávamos parados no meio de um monte de árvores. "O que há de tão especial aqui?"

Robinson desafivelou meu cinto de segurança e me puxou em sua direção. Aproximou a boca da minha e sussurrou: "Foi onde eu fiz *isto*."

E então ele me beijou, tão longamente, com tanta doçura e carinho que eu quase chorei. Porque nós estávamos ali juntos, e talvez este fosse finalmente o fim do caminho.

# 47

A casa era estilo vitoriano de três andares com uma torre alta e redonda, janelas com vitrais e uma varanda enorme. Os degraus da frente se curvavam no meio, e a pintura estava começando a desbotar e descascar. Mas era pitoresco dessa forma, aquele chique meio gasto.

Havia roseiras por toda a parte, desabrochando várias cores diferentes: branco neve, amarelo com a ponta laranja poente, rosa suave como uma sapatilha de balé. As rosas subiam por uma treliça na varanda e se espalhavam pelas grades, enchendo o ar com seu perfume glorioso.

Subi os degraus atrás de Robinson, gelada de nervoso. Ele me deu um aperto rápido na mão e tocou a campainha.

Por um momento, nada aconteceu. Ouvi uma voz e latidos lá dentro, e então uma mulher que imaginei ser a mãe de Robinson apareceu na porta. Quando viu quem era, abriu a boca como se fosse gritar, mas, em vez disso, caiu no chão – meio que desabou no hall de entrada, como um marionete cujos cordões foram cortados.

Robinson gritou: "Mãe!", e foi ajudá-la a se levantar, mas, antes de ele chegar até ela, um homem que devia ser seu pai apareceu. Ele viu Robinson e, por um segundo, ficou boquiaberto.

Eles agiam como se tivessem visto um fantasma.

*Que estranho!,* pensei, e eles ainda não tinham me notado, a outra visitante não anunciada.

Claro, se eu aparecesse no meu apartamento depois de sumir do jeito que fiz, meu pai provavelmente imaginaria que eu era uma alucinação induzida pela bebida e bateria a porta na minha cara.

O pai de Robinson se abaixou lentamente para pegar a mulher. Era como se os dois estivessem em câmera lenta. Quando finalmente ficaram em pé de novo, o choque começou a dar lugar a uma espécie de alegria que eu não conseguia lembrar de ter visto em meu pai desde que eu era uma garotinha. A mãe de Robinson agarrou seu filho e o apertou com força. "Ah, meu Deus!", ela gritou. "Você está aqui! Eu senti tanto a sua falta!"

O pai de Robinson enxugava os olhos, tentando se controlar. Ele estendeu a mão e agarrou o ombro do filho. "Oscar", disse ele, sua voz cheia de admiração e alívio, "você voltou."

Robinson piscava forte e rápido, e parecia fungar um pouco. E eu também chorava, ao ver o reencontro deles, e ao mesmo tempo pensava, *Oscar? Quem é o Oscar?*

Os latidos começaram novamente, e uma cachorrinha marrom veio gingando tão rápido quanto as pernas curtas podiam levá-la. "Leafy!", Robinson falou alto.

Ela era gorda como uma salsicha, e todo o seu corpo balançava enquanto o rabo ficava parado. Robinson se jogou no chão, e ela o atacou em um êxtase de latidos e lambidas. "Sente, menina", disse ele, rindo, e ela obedeceu por cerca de cinco milissegundos antes de se lançar sobre ele novamente. "Eu também te amo", disse ele, esfregando suas longas orelhas castanhas.

Então, um homem alto que era quase uma versão mais velha e corpulenta de Robinson veio até o corredor e disse: "O que está acontecendo?".

Quando viu Robinson, disparou para a frente. Pareceu que ia atacar Robinson e, sem pensar, dei um salto e estiquei meu braço, como se eu – com meu 1,65 m e meus 54 quilos – pudesse bloquear sua investida.

O homem parou e disse: "Nossa, que guarda-costas gostosa, cara".

Corei quando Robinson e seu irmão se abraçaram e deram tapinhas nas costas um do outro.

Então Robinson se afastou e colocou o braço em volta dos meus ombros de um jeito protetor. "Todo mundo", disse ele, "esta é Axi." Ele olhou para mim e sorriu. "Minha parceira no crime." E então, na frente de todos, ele me beijou – de um jeito um pouco menos inocente do que eu esperava.

"Ora, ora", disse a mãe, fungando e tentando sorrir para mim também. "Axi, fico feliz em conhecer você." E então, em vez de apertar minha mão, ela me puxou para perto de seu pescoço com cheiro de rosa, e eu percebi quanto tempo fazia desde que uma mãe – qualquer mãe – havia me abraçado pela última vez. "Ah, me desculpe, querida", disse ela, dando um tapinha na mancha úmida que havia feito na minha camisa. Ela riu, envergonhada. "Estou um pouco emocionada."

Robinson fez o resto das apresentações. "Este é meu irmão, Jonathan. Ele tem vinte anos, mas provavelmente ainda mora aqui, porque é vagabundo assim." O afeto era óbvio na voz de Robinson.

Jonathan fingiu se ofender. "Eu tenho minha própria casa", disse. "Estou aqui pegando as ferramentas do papai emprestadas."

"E esperando para ver o que sua mãe vai fazer para o jantar", acrescentou o pai.

"Talvez", Jonathan admitiu.

Robinson seguiu: "E este é meu pai, Joe, e minha mãe, Louise, mas todos a chamam de Lou".

"E você?", sussurrei. "Oscar?"

Ele deu de ombros ligeiramente envergonhado. "Você pode ver por que prefiro Robinson", disse ele. Então me puxou para perto dele novamente. "Eu juro", ele sussurrou, "que este é o último dos meus segredos."

Depois de um delicioso jantar com lasanha, pão de alho e salada, durante o qual houve mais lágrimas e mais acessos de riso do que fui capaz de contar, Robinson pegou minha mão e me levou para os fundos da casa.

"Eu não podia levar meninas ao meu quarto", disse ele, "mas vou supor que meus pais já tenham superado isso." Ele empurrou uma porta um tanto frágil, mas, em vez de abrir para um quarto, ela levava a uma varanda, com janelas em todos os três lados. O piso de madeira pintado estava gasto e inclinado. Havia um sofá de vime ao longo de uma parede e uma cama de casal encostada na outra. Guitarras e amplificadores estavam dispostos nos cantos, ao lado de pilhas organizadas de CDs.

"Este é o seu quarto?", perguntei, pensando no meu armário escuro em casa.

"É a velha varanda dos dormitórios. Este lugar um dia foi uma pensão para pacientes com tuberculose", disse Robinson. "As pessoas com tuberculose precisavam dormir ao ar livre, então há quartos como este por toda Asheville."

"Adorei", disse, passando o dedo pelo peitoril da janela.

Robinson afundou na cama. "Dormi no chão aqui fora durante duas semanas", disse. "Reivindicando o espaço para mim. Finalmente, eles disseram que poderia ser meu."

Eu me sentei ao lado dele. Os lençóis estavam limpos e os travesseiros, recém-arrumados. Ou alguém havia entrado furtivamente para arrumar a cama, ou a mãe de Robinson mantinha o quarto arrumado como se ele só tivesse saído para dar um passeio. "Seus pais são incríveis. Por que você não estava com eles... o tempo todo?", perguntei.

Robinson franziu a testa. "Nós fomos para Portland por causa do programa de imunoterapia experimental com a dra. Suzuki. Ela é a melhor que existe, certo? Mas meus pais estavam morando num motel terrível e indo para o hospital todos os dias, e aquilo era simplesmente horrível. Era muito difícil para eles. Então eu disse: 'Por favor, vão para casa. Não é isso que eu quero. Não quero que vocês me vejam passando por isso'."

"E eles simplesmente *vieram embora*?", não sei por que isso me chocou tanto, considerando a maneira como minha própria mãe havia deixado a cidade.

"Eles não queriam vir, acredite em mim. Mas eu os obriguei. Eu disse que se as coisas piorassem muito, obviamente eles poderiam voltar. Mas as coisas não ficaram ruins... elas melhoraram. A imunoterapia estava ajudando, e eu tive alta do hospital."

"No mesmo dia que eu", eu disse, sorrindo ao recordar aquela manhã perfeita.

"Certo. E eu planejava voltar para cá, mas então havia o problema de você."

"O *problema*?", perguntei.

Ele sorriu. "O problema de eu ter uma queda gigante por você e você não saber disso", disse ele. "Mas, convenientemente, meu tio tinha acabado de se mudar para perto da sua cidade. Você ia para K-Falls, e eu decidi ir atrás. Eu queria estar com você."

Corei. "Estou feliz que você tenha feito isso. Mas, ainda assim... Não posso acreditar que eles tenham deixado."

"Eu disse a eles que voltaria para cá no outono. Para o último ano na minha antiga escola. Eles entenderam... Eu queria fingir que era normal, em uma escola onde ninguém soubesse que eu tinha câncer. Eu seria apenas um aluno que precisou estudar em outro lugar por um tempo." Ele sorriu. "Um semestre fora, na bucólica K-Falls."

Bufei. "É melhor você procurar bucólico no dicionário."

"Não preciso, porque tenho você", disse Robinson, revirando os olhos.

"Ah, certo", falei, cutucando-o com o pé. Mas a história ainda não fazia muito sentido para mim. "Por que você nunca falava sobre a sua família? Por que eles eram um grande segredo?"

Robinson suspirou. "Eu não gostava de falar sobre eles porque me sentia muito culpado. Sabia que era egoísmo da minha parte ficar longe. Mas eu queria ver coisas, Axi. Queria ter uma vida melhor." Ele estendeu a mão e enrolou uma mecha do meu cabelo nos dedos. "Eu queria me apaixonar."

Concordei. Não era totalmente insano, eu acho. "Mas você, tipo, escrevia para eles, essas coisas?"

"Claro", disse ele. "Eles sabiam que eu estava bem."

"Mas, e esta viagem? Como você explicou?"

Ele sorriu. "Eu disse a eles que estava sem aulas..."

"Mesmo que você não estivesse mais na escola", interrompi.

"Bem, disso eles não sabiam. E não iriam conferir o calendário e ver se havia mais três semanas de aulas que eu deveria frequentar. Eu disse a eles que estava indo para o Acampamento Motorsport, um acampamento de verão para quem curte motores." Ele fez uma pausa pensativa. "Parece muito legal, na verdade..."

Revirei os olhos. "Você é doido."

"Mas você me ama."

Inclinei-me e o beijei no lado de sua boca macia. "Amo."

Uma explosão de música veio da garagem, onde, segundo Robinson, Jonathan transformava um Buick velho em um carro de corrida personalizado.

"Você sabia que viríamos para cá, então?", perguntei.

Robinson balançou a cabeça. "Pensei em voltar para Oregon primeiro. Mas então..."

Ele não terminou a frase, mas eu podia preenchê-la. Ele começou a se sentir mal. E quis vir para casa.

Entendi isso. Eu também gostaria de correr para minha mãe, se eu tivesse alguém que fosse útil para mim. Se eu soubesse em que *estado* ela morava.

Então olhei pela janela e vi todas aquelas luzes flutuantes. Eram verde-amareladas, piscando e apagando. "O que é aquilo?", perguntei.

Robinson ficou boquiaberto. "Você nunca viu um vaga-lume antes? Um vaga-lume?"

"Um o quê? Não! Não temos isso no Oregon."

Robinson sentou-se e olhou para o gramado. "Eu não tinha ideia de que você era tão urbana. Eles são os melhores insetos do mundo, porque podem acender os próprios traseiros. É como eles atraem companheiros."

"São lindos", eu disse.

Robinson estendeu a mão e tirou o cabelo do meu rosto. "Não como você."

"Não seja cafona."

"Eu não sou. Estou falando sério." Ele fez uma pausa. "Estou morrendo de tão sério, devo dizer."

"Não, você *não* devia dizer isso."

Robinson suspirou. "Ah, Axi, estou cansado", disse ele. "Conte uma história para eu dormir."

"Cante uma canção de ninar", disse com um sorriso. "Como em Vegas." Eu tinha toda a intenção de ceder naquele momento, mas não tão facilmente.

"História", ele insistiu.

"Canção."

"Vou jogar uma moeda", disse ele.

"Não! Não!", berrei.

Ele me olhou de um jeito estranho. "Por que não?"

"Só não faça isso."

"Certo, tudo bem. Então você tem que contar a história."

Deitamos na cama. Eu respirei fundo e comecei. Um começo de conto de fadas. "Era uma vez uma menina e um menino."

"Até agora tudo bem", disse Robinson. Ele rolou de modo que seu rosto estava no meu pescoço. "A menina sempre mandava no menino", disse ele, roçando os lábios na minha pele. "Ela dizia para ele comer melhor."

"A menina só queria o melhor para o menino", retruquei.

"Mmmm", disse Robinson. Sua voz já estava carregada de sono.

"Ela queria cuidar dele", sussurrei. "E ser cuidada por ele."

Fiz uma pausa, ouvindo a música que vinha da garagem. Era Bob Dylan, pensei, mas não conhecia a música.

"Ela sabia como eles eram sortudos", continuei, "por terem se encontrado. Ela sabia que às vezes as pessoas procuravam por anos para encontrar o que queriam. Enquanto alguns, os poucos privilegiados, simplesmente tropeçam nele. Como crianças na praia. Alguns voltam para casa apenas com pedras e conchas quebradas, enquanto outros desenterram um dólar de areia perfeito, frágil, mas lindo."

Robinson suspirou. Agora estava dormindo.

"E a menina entendeu outra coisa... e talvez o menino também. O amor era mágico e infinito. Mas a sorte, no final, não."

Na garagem, Jonathan aumentou a música, e a voz nasalada e áspera de Dylan por fim me alcançou claramente. "*The future for me is already a thing of the past. You were my first love and you will be my last.*"[14]

---

14 O futuro para mim já é coisa do passado. Você foi meu primeiro amor e será o último.

Cerrei os punhos ao lado do corpo. Olhei pela janela em busca de uma estrela para fazer um pedido, mas as nuvens tinham surgido ao anoitecer. As únicas luzes eram as dos vaga-lumes, acendendo e apagando, acendendo e apagando.

# 49

Os pais de Robinson me receberam como um membro da família. E não disseram nada sobre eu passar a noite no quarto do filho deles. Joe, que era fã de história, me contou tudo sobre os sanatórios de tuberculose de Asheville na manhã seguinte. (Até F. Scott Fitzgerald, minha paixão literária do nono ano, havia passado um tempo em um deles.) Jonathan me acompanhou ao redor do carro em que estava trabalhando, explicou várias coisas sobre o motor que eu não entendi e prometeu me levar para uma volta assim que conseguisse pneus novos. Lou comprou bacon vegano quando Robinson mencionou que eu não comia carne e em uma tarde trançou meu cabelo.

"Eu sempre quis uma filha", disse ela melancolicamente. "Aqueles meninos e seus carros. Eu os amo até a Lua, mas são não sei quantos cavalos pra cá, carburador pra lá, e eu sempre pensei comigo mesma: *Quem vai me ajudar a podar as rosas?*"

"Eu não tenho muita experiência com jardinagem", admiti. Papai e eu tínhamos uma gravatinha em nosso apartamento, mas ela provavelmente já estava seca.

"Você ia gostar", Lou disse. "Você é uma pessoa cuidadosa, posso ver isso."

*Costumava ser, de qualquer maneira,* pensei.

"É como diz o Pequeno Príncipe", continuou ela. "'Tu te tornas eternamente responsável por aquilo que cativas. Tu és responsável por tua rosa.' Você não pode domar um stock car, Axi. Não é a mesma coisa."

Sorri. "Eu citei esse livro para o seu filho."

"Oscar – quero dizer, Robinson, acho – nunca seria convencido a lê-lo."

E então saímos para o ar suave do verão, e ela me mostrou como podar as rosas para que florescessem até o final do outono. Quando voltamos, tínhamos braçadas de flores, o suficiente para colocar em todos os cômodos.

A questão é que a vida com a família de Robinson teria sido perfeita, se Robinson não piorasse a cada minuto. Era como se voltar para casa o permitisse a finalmente parar de fingir que estava bem. E se havia alguma dúvida sobre o prognóstico – ou qualquer negação do que isso significava –, uma visita do médico que cuidou dele durante a infância a apagou.

"Recomendo que vocês peçam cuidados paliativos", disse o médico. Ou seja: tudo o que dá para fazer agora é mantê-lo confortável. *Até.*

A notícia se espalhou rapidamente pela cidade, e os visitantes começaram a chegar, trazendo caçarolas, biscoitos e caixas de lenços de papel. Houve uma procissão de amigos, vizinhos, colegas e treinadores de futebol que conheciam e amavam Robinson.

Robinson fazia a recepção no velho sofá da sala de estar, pálido e sob cobertores, embora o resto de nós estivesse de mangas curtas e enxugando os lábios suados. Estava animado, embora se cansasse facilmente. E, ainda que estivesse com dor, raramente apertava o botão de sua morfina intravenosa. Disse que fazia sua cabeça parecer um balão de ar quente.

Todo mundo tinha histórias para contar, como a vez em que Robinson venceu a corrida do Soap Box Derby e depois continuou por mais meio quilômetro porque se esqueceu de pôr freios em seu carro. Sobre como ele "pegou emprestada" a fantasia do mascote do colégio para fazer um trote durante o intervalo do jogo de boas-vindas. Uma vizinha me contou que Robinson cortava e limpava a grama dela, mas sempre recusava o pagamento, e um menino de doze anos com espinhas me contou que, quando tinha oito, Robinson o salvou de um afogamento em Beaver Lake.

Era como se estivesse vendo a vida de Robinson passar diante dos meus olhos, nas palavras e nas histórias das pessoas que o amavam.

Quando se sentia bem, Robinson entretinha os convidados com histórias da vida "no oeste", que ele fazia soar muito melhor do que realmente era.

"Se Klamath Falls tiver um boom turístico, será por sua causa", eu lhe disse uma noite. "E todos voltarão para casa decepcionados."

"K-Falls tem seus encantos", disse.

"Ah, é? Cite um."

"O nome dela é Axi Moore", disse ele. "Nossa, essa foi fácil. Ah, e o BBQ Express do Wubba tem aquele ótimo sanduíche de porco desfiado."

Está vendo o que quero dizer? Animado.

Durante o dia, eu servia lanches e pratos de macarrão ou sopa reaquecidos no micro-ondas. Embora nós da casa não sentíssemos fome, todo mundo sentia. Era como um jantar que nunca acabava.

Lou percorria a casa como se estivesse em um sonho ou pesadelo. Joe parecia pálido e assustado. Jonathan, por ordem de Robinson, pendurou uma placa na parede que dizia NÃO É PERMITIDO CHORAR. Não que alguém fosse capaz de seguir essa ordem em particular. Até a gorda Leafy grunhia e latia, como se também tivesse histórias sobre Robinson.

"Ela era uma campeã de agilidade", Joe disse uma vez, balançando a cabeça. "Acredita nisso?"

"Agora é uma campeã de comer", acrescentou, jogando um biscoito para ela.

Abaixei-me e esfreguei as orelhas de Leafy, e ela respondeu com uma lambida quente em minha mão. Tive uma súbita pontada de saudade do meu velho cachorro. Ou talvez fosse um desejo pela família saudável e amorosa que nunca tive. Era difícil dizer.

# 50

"Feche os olhos", disse Robinson. Ele estava enfiando a mão na gaveta ao lado da cama. Fingi apertar os olhos, então os arregalei quando ele puxou um canivete com uma lâmina de prata brilhante.

"Quando há uma faca por perto, gosto de ficar alerta", disse. "Mais ou menos como uma questão política."

Ele riu e tossiu. "Não vou apontar para você", disse ele. "Só isso." Ele fez um gesto em direção ao lambril da varanda silenciosa..

"O que você vai fazer?"

"É uma surpresa", disse. "Você vai ver. Apenas feche os olhos."

Eu o observei cavar a ponta na madeira e então fiz o que ele pediu. Não sei quanto tempo se passou, mas devo ter adormecido, porque a próxima coisa que percebi foi Robinson me cutucando para acordar. "Olhe", disse ele.

Esculpida na parede da varanda estava uma mensagem: B&CPARASEMPRE.

"Bonnie e Clyde", disse ele. Estava sorrindo para mim, seu sorriso torto e perfeito. "Somos nós."

"Para sempre", eu disse.

Nos deitamos de novo, e Robinson me abraçou. Tracei as veias de seu pulso, as delicadas linhas azuis aparecendo em sua pele como um mapa de estradas, e pensei no mapa em minha mochila, aquele que marcamos em cada parada: Los Angeles. As sequoias. Detroit. Pensei também na minha bolsa de souvenirs. Objetos mágicos – um globo de neve, uma esfera de vidro – que, dependendo da luz, pareciam apenas lixo.

"Já estou com saudades", Robinson disse suavemente.

"Eu estou aqui", sussurrei de volta. "Sempre estarei aqui."

"Mas eu não", disse ele.

Em meu peito, cresceu uma dor incomensuravelmente profunda e sombria. E eu não disse nada, porque sabia que ele estava certo. Beijei seu rosto, seus lábios – e então, de alguma forma, dormimos.

Mas, no meio da noite, acordamos e, sem palavras, nos viramos um para o outro. As mãos de Robinson se estenderam para mim, e ele pressionou a boca contra meu pescoço. Trouxe seu rosto até o meu, com fome de provar seus lábios. Nós nos beijamos, e eu ouvi um gemido baixo. Meu. Percebi que estava tremendo.

Robinson sorriu, traçando levemente as linhas da minha testa, meu nariz, minha boca. "Não fique nervosa", ele sussurrou.

Como eu poderia não estar nervosa? Eu sabia o que iria acontecer. O ar estava carregado. Íamos nos beijar até ficarmos sem fôlego, e então... e *então*...

Me aproximei dele, passando a mão ao longo de seu quadril e pela coxa. Eu o senti estremecer quando rocei os dedos ao longo de sua barriga lisa.

Ele pegou minha mão e a segurou. "Eu te amo", disse ele.

"Também te amo", sussurrei. E então eu deslizei meus dedos para fora dos dele para que eu pudesse tocá-lo novamente.

Nós nos beijamos pelo que pareceram horas. Às vezes com ternura, às vezes quase desesperadamente. Às vezes, parávamos e apenas nos olhávamos. Como se estivéssemos memorizando nossos corpos e aquele momento. Sentia como se fosse toda feita de desejo.

Então Robinson se afastou, e eu observei enquanto ele tirava a camiseta por cima da cabeça. Sua pele branca parecia brilhar na meia-luz. Ele me olhou interrogativamente e então alcançou os botões da minha blusa. Estava sussurrando meu nome.

"Você quer...", ele perguntou.

"*Sim*", respondi.

Tiramos o resto de nossas roupas, e então passei meus braços em suas costas. Eu o guiei em minha direção. Eu queria puxá-lo para o meu corpo, como se pudéssemos nos tornar uma só pessoa. Como se, finalmente, eu pudesse protegê-lo.

Robinson respirava com dificuldade enquanto nos beijávamos. Eu o toquei em todos os lugares, mesmo enquanto me sentia dissolvendo. Ele sussurrava palavras em minha boca, mas eu não conseguia me concentrar no que eram, porque algo dentro de mim se desenrolava. Eu não era mais Axi Moore. Eu era eu e ele. Eu era a noite e as estrelas. Nós nos deitamos naquela cama e estremecemos de desejo.

Depois, ele dormiu bem colado em mim, e eu encarei nossas iniciais à luz das velas. B&CPARASEMPRE.

E, de alguma forma, eu sabia que era verdade. Nós dois estaríamos juntos para sempre.

# 51

Abri os olhos ao som dos pássaros fazendo um barulho alto e nada melodioso nos grandes carvalhos do quintal. Eu me aninhei mais perto de Robinson, feliz por ele não ter acordado também. Leafy, que ficava de guarda do lado de fora do quarto à noite, entrou quando ouviu o farfalhar de cobertores e sentou-se ao pé da cama. Ela imediatamente começou a choramingar, porque sabia que eu não resistiria àqueles grandes olhos castanhos. Nos quatro dias em que estávamos ali, eu já tinha dado a ela quase uma caixa inteira de biscoitos caninos.

"Calma, Leafy", eu disse. "Tenha paciência."

Ela abanou o rabo e ganiu mais alto. Quando não fui imediatamente em busca dos Milk-Bones, começou a latir.

"Quieta", sussurrei. "Robinson está dormindo."

Mas atrás de mim não havia movimento, apesar do barulho, e uma sensação terrível de pânico tomou conta de mim. Virei-me para olhar o peito de Robinson, e vi que não estava subindo ou descendo. *Ele não estava respirando.* E de repente eu estava recuando para fora da cama, as mãos agarradas ao rosto.

Leafy começou a latir ainda mais alto – um biscoito viria a qualquer minuto agora, ela tinha certeza disso –, e eu não me incomodei em calá-la porque não importava. *Nada* importava. Cravei minhas unhas em minhas bochechas e as lágrimas rolaram rápidas e quentes. Eu estava ofegante e não conseguia dizer o nome dele, embora quisesse gritar.

Robinson, volte! Eu não estou preparada! Eu não estou pronta de jeito nenhum!

Os latidos de Leafy adquiriram um tom de confusão selvagem. Eu a agarrei pelo colarinho, enterrei o rosto em seu pescoço quente e pensei: *Ah, meu Deus, como vou dizer a Lou? Como vou fazer qualquer coisa de novo?*

Eu estava com a boca cheia de pelos da Leafy, e ela ainda latia, porém mais suavemente agora, dissolvendo-se em um gemido lamentável.

Era isso. Estava tudo acabado.

E eu estava dormindo.

Uma mão baixou e tocou meu ombro, e eu dei um salto como se tivesse sido queimada. Olhei para cima com os olhos turvos de lágrimas.

O rosto de Robinson parecia flutuar acima da cama como o de um fantasma. E então ouvi sua voz baixa familiar. Ele disse: "Axi? Você está bem?".

Eu quase caí. Era ele. Ele estava vivo. "Eu pareço bem?", gritei. Arrastei-me de volta para a cama e agarrei as mãos dele como se ele tivesse me salvado de um afogamento. Nunca na minha vida fiquei mais aliviada. "Me diga: *eu pareço bem*?"

"Seus olhos estão meio vermelhos", ele disse, a voz grogue, mas provocadora. "Você é alérgica a Leafy ou algo assim?"

"Eu vou matar você", eu disse com a voz engasgada. Soltei suas mãos e deitei ao lado dele na cama, pressionando-me contra o seu lado e tentando acalmar minha respiração. Estive perto demais de perdê-lo.

"Ah, você provavelmente não precisará se preocupar", disse Robinson. "Já tem alguma coisa sendo feita. Mas não se preocupe. Eu ainda estou por perto para te torturar."

"Nunca pare", eu disse.

"Vou fazer o meu melhor." Robinson deu um tapinha na beira da cama, e Leafy pulou também, embora obviamente não fosse fácil para ela. Eu o observei acariciar a cabeça e as orelhas macias da cachorrinha. Ele bocejou e se mexeu na cama, inquieto e desconfortável ao acordar com sua doença e a dor que ela lhe causava.

Corri meu dedo ao longo do lado de sua bochecha. "Você quer alguma coisa?", perguntei.

Ele não me respondeu. Seus olhos se fecharam, e eu pensei que ele estava caindo no sono. Ele vinha dormindo muito ultimamente. Conforme sua respiração se tornava mais regular, eu lentamente saí da cama e fui até a porta, pronta para ver seus pais. Então ele disse baixinho: "Sim".

"O quê?"

"Quero mais tempo", disse. Seus cílios estavam escuros contra a pele pálida.

Mordi meu lábio e senti a ferroada de lágrimas novamente. "Está bem", eu sussurrei. "Já está saindo."

Quando cheguei ao corredor, ele me chamou de volta.

"Axi", disse ele, meio que se sentando novamente. "Escute aqui, está bem? Primeira coisa: Leafy não precisa de outro biscoito, não importa o quanto ela ache que precisa. Portanto, deixe os Milk-Bones na despensa. Segunda coisa: tem um buraco na sua camisa, e você precisa pedir para a minha mãe costurá-lo. Terceira coisa: como diz aquela canção idiota do Mason Jennings, existem muitas maneiras de morrer."

Eu levantei a mão. "Epa, Robinson..."

Ele me ignorou. "Não importa como seja o fim... o que importa é que ele veio. Bam, acabou. Mas vida, Axi? Existem graus de vida. A gente pode viver bem ou meio adormecido. A gente pode descer de trenó uma duna de areia ou passar a vida diante da TV. E eu não quero parecer um especial idiota de férias, mas você precisa continuar vivendo da maneira que vivemos nas últimas semanas. Risco, Axi. Esse é o segredo. Arrisque tudo."

Balancei a cabeça, tentando não chorar de novo. "Está bem. Mas talvez eu não continue roubando carros."

"Tudo bem", disse ele.

"O que eu vou fazer...?", perguntei. Não consegui dizer as duas palavras finais da frase: *sem você.*

Robinson sorriu. "Você provavelmente deveria tentar não ser reprovada em física. E deve continuar escrevendo."

Pensei em meu diário, nas notas desleixadas e desordenadas nele e em todas as páginas a serem preenchidas. Pelo menos havia tirado algumas fotos na viagem. "Vou escrever as partes boas."

"Não, você precisa escrever o que é bom e o que é ruim." Robinson mexeu na ponta do cobertor. Seus olhos estavam grandes e sérios. "Você pode escrever tudo sobre mim, e eu viverei para sempre assim."

O que eu podia dizer? Afundei em uma cadeira e coloquei a cabeça em minhas mãos.

"Sabe, o seu livro era o único que eu queria ler. Então apenas escreva, Axi. Você consegue. Você pode fazer qualquer coisa. Eu quero dizer, olhe pra você. Você não é mais BM. Você é muito maior do que ela."

Eu ri com amargura. "Eu não sinto falta dela."

"Eu a amava", disse Robinson. "E amei a menina doente que você era quando te conheci, e a boa aluna e a má motorista. Eu amei a ladra de carros, a caroneira, a citadora de romances que não li e a que odiava Slim Jims... Axi Moore, eu amei todas as versões de você que já existiram."

Fui até a cama e coloquei a cabeça no peito dele. "Eu vou ser sempre a sua garota", sussurrei.

"Eu sei", disse ele.

Observei a maneira como nossos dedos se entrelaçaram e pensei: *Para que são feitas as mãos, se não para isso? Para segurar. Para aguentar.*

Os dias se misturaram à medida que Robinson começou a sonhar mais e a falar menos. O tempo havia perdido o sentido para ele, mas eu estava dominada por uma sensação de espera. Algo estava chegando, algo que seria uma escuridão terrível e também um alívio.

Ficávamos com ele em turnos: Lou de manhã, Joe à tarde, Jonathan no fim do dia, e eu à noite. Eu li para ele os livros de Lou: Steinbeck, Whitman, Fitzgerald, Hemingway. Ela leu para ele *O pequeno príncipe*.

Uma noite, no meio do meu turno, escapei para a escuridão quente. Os grilos estavam ficando loucos, e os vaga-lumes eram como lanternas minúsculas piscando uma espécie de código Morse próprio deles.

Pela janela, Robinson parecia pequeno e frágil sob as cobertas, como uma criança em sua cama de infância. Como se devesse estar segurando um ursinho de pelúcia.

Escolhi uma estrela e desejei com o máximo de fé possível que, de alguma forma, eu pudesse protegê-lo do que estava no horizonte.

*Estamos nisso juntos*, Robinson costumava dizer. Lembrei da primeira vez que ele disse isso para mim, na hora do jantar na enfermaria de câncer, quando nos entregaram uma bandeja com uma gororoba marrom com ervilhas. "Estamos nisso juntos", declarou Robinson. "Axi, nós podemos fazer isso." Ele ergueu o garfo bem alto, como uma espada. "Podemos comer este... este... seja o que for!"

Foi uma piada naquela época. Agora era real. Estávamos naquilo juntos por mais um pouco, porque o que viria a seguir, Robinson teria de passar sozinho. Eu trocaria minha vida pela dele, mas não havia ninguém a quem oferecer isso. Ninguém que pudesse fazer a troca. Nenhuma estrela que atendesse ao meu desejo.

Às três horas daquela manhã, eu estava cochilando, minha mão na dele, quando de repente ele acordou.

"A motocicleta", disse ele, a voz atormentada e urgente. "Tem gasolina?"

Fiquei imediatamente atenta. "Sim", respondi.

"Acho que a junta do cabeçote estourou... está vazando óleo."

"Seu irmão está investigando", eu disse. Qualquer que fosse o mundo em que Robinson estava agora, eu participaria. "Ele disse para você não se preocupar, ele vai cuidar disso. Vai começar a funcionar imediatamente."

"E o cabo da embreagem? Está gasto."

"Ele vai consertar isso também."

Então Robinson olhou para mim por um longo tempo. Em algum ponto, ele pareceu voltar a si. "Axi", ele sussurrou.

"Oi", eu sussurrei de volta.

Ele olhou ao redor da sala para o pôster de Bob Dylan, as guitarras inclinadas, todas as coisas que ele havia deixado para trás quando foi para o hospital. Seus dedos tremeram, e eu estendi a mão para agarrá-los.

Eu sabia o que estava por vir. O que eu devia dizer.

Havia uma pedra na minha garganta, mas engoli em seco. "Está tudo bem", eu disse. "Você pode ir." A parada final.

Ele levou minha mão aos lábios e a beijou, bem no centro da palma da mão. Então fechou meus dedos, como se o beijo fosse algo que eu pudesse segurar para sempre.

Eu subi na cama com ele. Ele se mexeu, suspirando. “Axi”, disse ele.

“Eu estou bem aqui.”

Segurei sua cabeça em meus braços. Pressionei minha boca em sua bochecha. *Estamos nisso juntos.*

“Axi”, ele disse novamente.

Eu disse a ele que o amava. Ele também me amava, ele disse – sempre. E eu o ouvi dizer meu nome novamente. Ele sussurrou várias vezes até que não soasse mais como meu nome. Era apenas som, apenas ritmo. Quase como uma música.

“Axi.” Ele suspirou. “Axi.”

E então, finalmente, ele ficou em silêncio.

Lá fora, o canto dos grilos pareceu aumentar. Enfiei a mão no bolso para pegar a moeda da sorte que eu tinha jogado muito tempo antes na enfermaria de câncer, esperando que, de alguma forma, significasse que Robinson sobreviveria. Eu mantive aquela moeda comigo todos os dias depois que ela caiu em cara, dizendo que ele sempre estaria comigo.

Agora eu a segurei com força e então a lancei bem alto no ar, observando-a cair. Sobre o quê, não importava. Não havia mais nenhuma pergunta, nenhum desejo: apenas a resposta e o vazio que ela trazia.

# Epílogo

Na bucólica Klamath Falls, o início do outono está claro e seco. As folhas já estão ficando marrons, deixando-se explodir de seus galhos em pequenas pilhas tristes em gramados não cortados.

Meu pai está no pátio, procurando o relógio que deixou cair no caminho do bar para casa na noite anterior. Já está procurando há meia hora. (Se você me perguntar, acho que Critter o encontrou e levou direto para o penhor de Jack.) Papai continua olhando para mim, sentado na minúscula sacada do apartamento, como se pensasse que a qualquer minuto eu poderia desaparecer no ar.

Não vou a lugar algum. Minha primeira sessão de serviço comunitário é amanhã à tarde. Quando voltei para casa, a primeira coisa que fiz foi ir até a delegacia me entregar.

É. Uma vez BM, sempre BM.

Acho que soube desde o momento em que roubamos a Harley que eu teria de acertar algumas contas da nossa viagem. Era a coisa certa a se fazer. E embora os olhos de Robinson provavelmente estejam revirando para fora da cabeça agora, acho que ele podia estar sorrindo também, quando o juiz me deu a sentença. Grande roubo de automóveis é um crime e geralmente leva as pessoas à prisão, mas, por milagre, eu só fui acusada de uma contravenção e proibida de tirar a carteira de motorista até completar 21 anos, e basicamente vou prestar serviços comunitários até perder os braços.

Para mim, valeu a pena. Afinal, as pessoas que nos "emprestaram" seus carros deram a Robinson e a mim um presente incrível, e eu ficarei feliz em recolher lixo pelo resto da vida, se for preciso. Na verdade, também estou pensando em me voluntariar para o departamento de polícia.

"Axi", meu pai chamou, "você não deveria ir para a escola logo?"

"Desço num minuto", respondo. *Argh*. Eu tinha me esquecido da minha sessão obrigatória de aulas de física, que começava em uma hora. Acontece que não se pode passar em uma disciplina depois de matar as últimas três semanas e não ser capaz de entender as leis supostamente importantes da física.

Essas leis não explicam por que Robinson teve de morrer. Não explicam como vou continuar sem ele. Portanto, tenho quase certeza de que não me importo muito em entender como "a entropia de qualquer sistema isolado que não esteja em equilíbrio térmico quase sempre aumenta".

Mas, então, como uma voz contrária vinda do céu, algo da aula vem direto na minha mente: *um corpo em movimento tende a permanecer em movimento; um corpo em repouso tende a permanecer em repouso.* Essa é a definição de inércia, uma palavra que teria feito Robinson revirar os olhos.

*Eu estou em movimento. Eu vou ficar em movimento.* Talvez uma daquelas forças mágicas do universo físico atue e me faça continuar, não importa quanta dor eu sinta.

Ou não.

Envolvo meus braços em mim mesma, inalando o cheiro de Robinson que permanece em sua camisa de flanela, que estou vestindo. E minhas lágrimas brotam e começam a rolar de novo. Estou muito, muito cansada.

"Ei, Axi, olhe só!", meu pai me chama. Eu me inclino sobre a varanda e ele aponta para uma parte da roseira murcha no quintal – uma flor solitária ainda milagrosamente em flor. Eu dou um leve sorriso. Esperava que ele enfim tivesse encontrado seu relógio.

"Você está bem?" ele pergunta.

Eu encolho os ombros. Quer dizer, como vou responder a essa pergunta? Eu fui à dra. Suzuki na semana passada, e meu câncer ainda está em remissão. Minha taxa de sobrevivência de cinco anos? Quase 93%.

Então, tecnicamente, sim, estou bem. *Tecnicamente.*

Mas enquanto estou sentada aqui, deixando o sol aquecer meu rosto, sei que há uma parte de mim faltando. É como se os médicos tivessem retirado algo essencial. Uma parte vital de que eu tinha certeza de precisar para me manter respirando. Não apenas existindo. Mesmo agora, às vezes acho que ouço a risada de Robinson e, por um momento, meu coração se anima. Mas quando viro a cabeça para olhar, nunca é ele. É o vento, ou o canto de um pássaro, ou uma alucinação do meu próprio sonho louco.

Acho que foi amor à primeira vista para nós dois. Só demoramos um pouco para descobrir. Isso era compreensível, considerando que estávamos sendo perfurados por agulhas, atingidos por partículas radioativas, possivelmente envenenados pelas substâncias horríveis que o hospital tentava fazer passar por comida, e então, quando recebemos alta, fugimos e roubamos carros juntos.

Portanto, tínhamos outras coisas em mente.

Claro, às vezes acho que talvez nós já *soubéssemos* de nossos sentimentos, mas não podíamos admiti-los para nós mesmos. Como se pensássemos secretamente: *Tudo bem, o câncer é assustador, mas o amor é apavorante.*

E é mesmo. Mas também é estimulante, desconcertante e milagroso.

Pouco antes de Robinson e eu partirmos em nossa viagem, eu havia escrito um artigo sobre o ensaísta francês Michel de

Montaigne. ("Aaaaah, *chiiiique*", brincou Robinson.) "A melhor coisa do mundo é saber pertencer a si mesmo", escreveu Montaigne. E embora fosse um homem muito inteligente, tenho certeza de que, neste caso particular, ele disse uma bobagem.

A melhor coisa do mundo é saber pertencer a outra pessoa. A maneira como Robinson e eu pertencíamos um ao outro. Nós nos seguramos tão forte quanto pudemos, enquanto pudemos. Não foi o suficiente.

E ainda assim, precisa ser.

À noite, quando as estrelas aparecem, eu olho para cima e lembro de Robinson na janela do hospital em La Junta, eu tão perto dele que fiquei sem fôlego. Penso no que não disse então, que é o seguinte: as estrelas que vemos nem mesmo são estrelas reais. Vemos a luz que elas emitiram há milhões de anos, mas só agora alcança nossos olhos. Não vemos uma estrela tanto quanto uma memória.

"Lembre-se do eu antes disso", um Robinson pálido e doente me disse. "Lembre-se de mim com o violão."

E como a memória é tudo o que tenho agora – a menos que você conte uma esfera de vidro, um chaveiro, uma camisa e uma moeda que um dia deu sorte –, eu tentava fazer o que ele havia pedido.

"Escreva sobre nós", insistiu Robinson. "Conte nossa história."

E eu fiz isso. Contei nossa história. Você a está segurando nas mãos.

Só gostaria de ter feito isso melhor. Como você poderia, por meio das minhas simples palavras comuns, experimentar a alegria que senti quando Robinson pulou naquela piscina de Los Angeles, andou de trenó na areia dourada das Grandes Dunas, ou me beijou em uma tumba? Como você pode entender o que Robinson significava para mim? Sua risada era como o repicar de sinos. Ele realmente considerava Slim Jims um grupo de alimentos completo. Quando tocava violão e cantava, fosse na enfermaria do câncer ou no Tompkins Square Park, todos paravam para ouvir. Ele era mágico.

"Axi?", meu pai grita lá de baixo. "Encontrei!" Ele está segurando seu Timex e sorrindo como se fosse um bilhete de loteria premiado.

"Que bom!", digo. Como se ele fosse a criança e eu a mãe.

Sinto que estou em dívida com meu pai, tendo fugido do jeito que fiz. Ele quase bebeu até a morte, preocupando-se e sentindo minha falta. Estou tentando compensar o fato de que mal voltei a tempo de salvá-lo.

Eu só gostaria de ter salvado Robinson também.

Mas sei que Robinson não queria que eu ficasse destruída depois de sua morte. Ele me queria inteira, bem e escrevendo. Sobre nós.

"Certifique-se de colocar um monte de palavras que eu não entenderia", ele disse, usando os resquícios de sua energia para me provocar. "E um monte de metáforas extravagantes e outras coisas."

Apenas balancei a cabeça. Eu faria qualquer coisa que ele quisesse.

Amar Robinson fazia tudo parecer mais brilhante e bonito. E se a vida se desvaneceu um pouco desde que ele se foi, ainda é muito mais vívida do que costumava ser. Agora o sol brilha. Aquela rosa vermelha lança seu perfume no ar. E a brisa me acalma, se eu deixar.

Quase todos os dias penso nele e sorrio, mesmo que primeiro precise chorar muito. Ele nunca deixou de acreditar que tinha sorte. Talvez não a sorte de sobreviver, mas simplesmente de ter vivido.

Ele era minha luz, meu coração, meu lindo Malandro. E eu era – e sou – sua BM.

**Oscar James Robinson**
21 de junho de 1996 – 6 de julho de 2013

*Sentindo falta de mim em um lugar, procure em outro.*
*Eu paro em algum lugar esperando por você.*
WALT WHITMAN

---

FONTES Tiempos, Quotes Script
PAPEL Pólen soft 80 g/m²